Blue & Green

Virginia Woolf

일러두기 | 최신 외래어 표기법에 따르지 않은 일부 인명이 있습니다.

블루&그린

버지니아 울프 단편집

민지현 옮김

더퀘스트

| 차례 |

블루&그린

Blue & Green

그린

Green

뾰족한 유리 손가락이 바닥을 향해 매달렸다. 손가락을 타고 흘러내린 빛이 방울방울 떨어져 초록 웅덩이를 이룬다. 하루 종일 열 가닥 빛의 손가락에서 대리석 바닥으로 초록이 뚝뚝 흘러내렸다. 앵무새의 초록 깃털. 째지는 울음소리. 야자나무의 칼날 같은 잎도 초록이다. 초록색 바늘이 햇빛에 반짝인다. 그러나 단단한 유리가 떨군 빛방울은 대리석에 고여 사막의 모래 위를 부유한다. 낙타가 휘청이며 그 사이를 걷는다. 대리석 빛 웅덩이 가장자리에 골풀이 자라고, 이내 잡초에 뒤덮인다. 하얀 꽃이 군데군데 피었다. 그 위를 개구리가 뛰놀고, 밤이면 별들이 깨지지 않은

제 모습을 드러낸다. 해 질 녘, 그림자가 벽난로 선반에 내려앉은 초록을 쓸어간다. 너울너울 주름장식을 한 해변의 수면처럼. 배는 보이지 않는다. 빈 하늘 아래 파도가 무심히 친다. 밤이다. 바늘 끝에서 파랑이 방울져 떨어진다. 초록은 사라졌다.

밤이면 별들이

깨지지 않은

제 모습을 드러낸다.

초록은 사라졌다.

블루

Blue

들창코 괴물이 수면 위로 올라와 뭉툭한 콧구멍으로 두 가닥의 새하얀 물줄기를 뿜어낸다. 새하얀 물줄기가 떨어진 자리에 파란 구슬방울이 튀어 오른다. 검은 방수천 같은 몸체엔 파란색 줄무늬가 죽죽 그어져 있다. 주둥이와 콧구멍으로 물줄기를 털어내며 가라앉는다. 물을 잔뜩 머금은 제 몸의 무게가 버겁다. 파랑이 조약돌 같은 눈알을 적시며 그를 덮친다. 해변으로 떠밀린 굳은 몸이 말라버린 파란 비늘을 떨군다. 그 금속성의 파랑은 바닷가의 녹슨 쇠붙이를 물들인다. 난파된 배 한 척의 뼈대가 푸르게 얼룩졌다. 파란 종소리 아래로 파도가 일렁인다.

그러나 성당의 파랑은 달라서, 차갑고, 향내 그윽하며, 성모의 옷자락에 닿아 연푸른빛이었다.

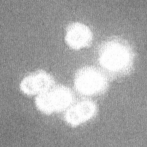

파랑이 조약돌 같은 눈알을

적시며 그를 덮친다.

성당의 파랑은

성모의 옷자락에 닿아

연푸른빛이었다.

밖에서 본 여자 대학

A Woman's College from Outside

깃털처럼 새하얀 달은 한순간도 놓치지 않고 하늘을 밝혔다. 밤새 하얀 밤꽃이 파란 잔디를 뒤덮고 초원에는 양미나리가 희미하게 빛나고 있었다. 케임브리지 대학 안뜰에 부는 바람은 타타르 지방으로도, 아라비아로도 흘러가지 않고 뉴넘 대학(1871년 창설. 케임브리지에서 두 번째로 오래된 여자 대학—옮긴이)의 지붕 위에 떠 있는 희푸른 구름 사이를 꿈처럼 떠다녔다. 배회할 공간이 필요하다면 정원의 나무들 사이를 떠다니면 되리. 그러다 마주치게 되는 건 여자들의 얼굴뿐으로, 바람은 평범하고 무심한 표정으로 그들의 방을 들여다볼 수 있었다. 그 시각, 평범하고 무심한 표정으로 하얀 눈꺼풀을 닫은 채 수많은 여자들이 반지 없는 손을 이불 위에 내놓고 잠들어 있었으므로. 그러나 드문드문 여전히 등불이 켜진 방이 있었다.

그중 유난히 밝은 빛이 새어 나오는 것은 안젤라의 방이다. 안젤라 자신이 밝은 사람인 데다 사각 거울에 반사되는 그녀의 모습 또한 광채가 날 만큼 환했으니까. 그녀의 모습이 어찌나 완벽하게 비춰지는지 어쩌면 영혼까지도 보일 듯했다. 거울에 비친 그녀의 모습은 미동도 없이 고요했다. 흰 피부에 황금색 가운, 빨간 슬리퍼, 파란 보석 장식이 달린 연한 금발의 머리칼. 자신이 안젤라여서 행복한 듯, 그녀의 부드러운 움직임이나 유리에 비친 모습에는 흠잡을 만한 주름 또는 그늘이라곤 찾아볼 수 없다. 평화로운 시간이었다. 밤의 한복판에 걸린 환한 그림, 검은 심야에 호젓이 들어앉은 성지. 모든 것이 완벽한 상태임을 이토록 시각적으로 증명해주는 장면이 있다는 건 정말 신기한 일이었다. 무구한 수련은 그대로 더 바랄 것도, 두려울 것도 없는 듯 시간의 연못 위에 떠 있었다. 그러나 그녀가 갑자기 몸을 돌리면서 고요한 사색의 순간은 깨지고 거울엔 아무것도 비춰지지 않았다. 아니, 침대의 프레임이 비춰지긴 했다. 안젤라는 마치 집안일을 하는 여자처럼 방 안을 이리저리 다니며 톡톡 두드려보고 매만지다가 다시 자리로 돌아와 검정색 경제학 책을 펼쳐 놓고 입술을 잔뜩 오므린 채 잘 이해가 되지 않는 부분을 손가락으로 짚어보았다. 생활고를 해결하는 방편으로 뉴넘 대학에 온 학생은 안젤라 윌리엄스뿐이었다. 감미로운 동경에 잠겨 있는 동안에도 스완지에서 얼마되지 않는 급여를 받으며 일하는 아버지를 잊을 수 없었다. 그리고 접시 닦는 일을 하는 어머니, 빨랫줄에 널려 있는 분홍색 작업복도. 무구해 보이는 수련도 연못 위에 유유히 떠 있을 수만은 없으며, 다른 사람들처럼 이름표를 달고 현실을 살아야 함을 상기시켜 주는 증표였다.

'안젤라 윌리엄스'. 달빛이 그녀의 이름표를 비춘다. 그 옆으로 메리, 엘리노어, 밀드레드, 사라, 피비. 방문마다 네모난 명패가 달려 있다. 이름 외에는 아무것도 적혀 있지 않다. 차가운 달빛에 비친 이름들이 창백하면서도 딱딱히 경직돼 보여서, 만약 화재나 폭동 진압 경보 또는 검열을 알리는 종이 울리기라도 하면 군대처럼 분연히 일어나 정렬할 것만 같았다. 카드에 적혀 문에 꽂혀 있는 이름들에는 그런 힘이 담겨 있었다. 타일과 복도, 방문은 낙농장이나 수녀원을 닮았다. 차가운 우유통들이 정갈하게 세워져 있고, 린넨 세탁물이 산더미처럼 쌓여 있는 은둔과 훈육의 장소 말이다.

그때 방문 너머에서 가벼운 웃음소리가 새어

나왔다. 시계가 맑은 소리로 시각을 알렸다. 한 번, 두 번. 만약 시계 소리가 뭔가를 지시하는 소리였다면, 지시 내용은 전달되지 못했을 것이다. 그것이 화재든, 폭동이든, 검열이든, 모두 웃음소리에 덮여 버렸거나 떠돌다 사라져 버렸을 것이다. 웃음소리는 마치 심연에서 솟아나 시간표와 규칙, 규율들 너머로 퍼져나가는 것 같았다. 침대 위에는 게임용 카드들이 널려 있었다. 샐리는 바닥에 자리를 잡았고, 헬레나는 의자에 앉았다. 굿 버사는 벽난로 옆에서 두 손을 깍지 낀 채 앉아 있었다. 안젤라가 하품을 하며 들어왔다.

"너무 답답해서 견딜 수가 없어." 헬레나가 말했다.

"답답하지." 버사가 이렇게 대꾸하고는 하품을 했다.

"우리는 내시가 아니잖아."

"그 여자가 뒷문으로 살금살금 돌아오는 걸 내가 봤어. 그 낡은 모자까지 쓰고 말이야. 그들은 우리가 모르는 줄 아나 봐."

"그들이라고?" 안젤라가 말했다. "그녀겠지."

그리고 모두 웃었다.

카드가 돌려지고 손들이 바삐 오르내렸다. 빨갛고 노란 얼굴이 그려진 카드들이 테이블 위에 펼쳐졌다. 굿 버사는 의자에 머리를 기댄 채 깊은 한숨을 쉬었다. 당장이라도 단잠에 빠져들 것 같다. 하지만 마음껏 자유를 누릴 수 있는 밤이 펼쳐져 있는데 어떻게 그 속으로 들어가지 않을 수 있겠는가. 아름다운 보석으로 장식을 하지 않을 수 있겠는가. 밤은 은밀하게 공유되었고, 낮은 무리 전체에게 뜯어 먹혔다. 블라인드가 걷혀 있어서 엷은 안개가 서린 정원이 내다보였다. 친구들이 카드놀이를 하는 동안 창문가에 앉아 있자니 버사는 몸도 마음도 바람에 실려 관목 덤불을 타 넘어가는 것 같았다. 아, 버사는 침대에 쭉 뻗어 자고 싶은 마음이 간절했다! 하지만 아무도 그녀의 마음을 알아주지 않는 것 같았다. 갑자기 고개를 끄덕이기도 하고 몸을 움찔거리기도 하면서 버사는 자기 외의 다른 친구들은 모두 정신이 말똥말똥하다고 생각했다. 또다시 일동이 웃음을 터뜨릴 때 정원에서 새가 짧게 짹짹거렸다. 마치 저도 웃는 듯이.

그렇다, (졸음에 겨운 버사가 느끼기에) 웃음소리는 마치 안개처럼 창밖으로 뭉게뭉게 퍼져나가는 것 같았다. 부드럽고 탄력 있는 안개 방울이 나무와 덤불에 달라붙으면서 정원을 뿌연 수증기로 채운다. 바람이 불자 덤불은 고개를 숙이고 하얀 안개는 세상 너머로 쓸려간다.

여자들이 자고 있는 방마다 아지랑이가 피어올랐다. 그러고는 안개처럼 덤불에 달라붙었다가 허공으로 자유롭게 날아갔다. 잠에서 깨자마자 상아로 만든 지휘봉을 집어 들 나이든 여자들은 자고 있었다. 온화하고 무표정한 얼굴로 단잠을 자는 그들을 젊음이 둘러싸고 있었다. 조용히 휴식을 취하거나 창가에 삼삼오오 모여 있는 젊은 여자들이 이슬방울 같은 웃음을 정원으로 쏟아낸다. 그들의 웃음은 무책임하다. 몸과 마음에서 우러나오는 그들의 웃음은 규정과 시간, 규율 너머로 퍼져나간다. 그들의 웃음은 활력이 넘치나 형태가 없고 무질서하다. 긴 여운을 남기기도 하고, 길을 벗어나기도 하고, 안개 방울처럼 장미 넝쿨을 뒤덮기도 한다.

"아." 나이트가운을 입은 채 창가에 서 있던 안젤라가 한숨을 내쉬었다. 그녀의 목소리에 고통이 배어 있었다. 안젤라는 창밖으로 고개를 내밀었다. 목소리 때문인 듯 안개가 갈라져 있었다. 다른 친구들이 카드 게임을 하는 동안 그녀는 엘리스 에이버리와 뱀버러 성 이야기를 하고 있었다. 저녁 햇살에 비친 성 주변의 모래 빛깔에 대해서 말이다. 앨리스는 8월에 편지를 써서 날을 잡겠다고 말하곤 자리에서 일어나더니 몸을 굽혀 키스를 하며 손으로 안젤라의 머리를 쓸었다. 도저히 가만히 앉아 있을 수가 없어졌다. 마치 심장 속에 거센 풍랑이 이는 바다를 품은 느낌이었다. 안젤라는 일어나 (그 장면의 증인인) 방 안을 서성이며 마음을 진정시키려 양팔을 흔들었다. 머리에 황금빛 열매를 단 경이로운 나무가 몸을 숙였다는 사실에 설렘과 흥분이 일었다. 그 황금 열매가 이 품 안에 떨어지지 않았던가? 안젤라는 빛나는 열매를 꼭 끌어안았다. 손을 대서도, 생각해서도, 입 밖으로 내서도 안 되는, 다만 품속에서 반짝이도록 간직해 둘 수밖에 없는 열매였다. 그리고 천천히 스타킹을 벗고, 슬리퍼를 벗고, 그 위에 속치마를 가지런히 개켜놓으며 윌리엄스라는 또 다른 이름을 가지고 있는 안젤라는 깨달았다. 수만 년의 어둠을 지나온 터널 끝에 한 자락 빛이 보이는 순간을, 삶을, 세상을 어떻게 표현할 수 있겠는가? 그 모두가 그녀에게로 펼쳐진 것이다. 온갖 것이 좋아 보였고 사랑스러워 보였다.

그러니 마치 거역할 수 없는 어떤 힘이 방해하듯, 침대에 누워서도 눈꺼풀을 감지 못하고, 옅은 어둠이 내려앉은 의자와 서랍장이 위풍당당해 보이며, 하루의 기억을 담고 있는 거울이 더없이 소중하게 느껴지는 것이 어찌 놀랄 일이겠는가? 지난 11월에 열아홉 살이 된 그녀는, 어린아이처럼 엄지손가락을 빨며 터널 끝에서 다다른 이 새로운 세계에 잠겨 누워 있었다. 그러다가 그 세계를 앞질러 내다보고 싶은 마음에 이불을 걷어내고 창가로 다가갔다. 정원이 보였다. 안개가 깔려 있었고, 모든 창문이 활짝 열려 있었다. 멀리서 푸른 빛이 웅성거렸다. 세상이,

아침이 오고 있었다. "아." 안젤라는 고통스러운
듯이 소리질렀다.

과수원에서

In the Orchard

미란다는 과수원 사과나무 아래 긴 의자에 늘어져 잤다. 읽던 책은 잔디 위로 떨어졌는데 그녀의 손가락은 여전히 'Ce pays est vraiment un des coins du monde où le rire des filles éclate le mieux……(이 나라는 정말이지 소녀들이 맘껏 웃음을 터뜨리는 곳이다……).'라는 문장을 가리키고 있는 듯 보였다. 마치 거기까지 읽다 잠이 든 것처럼. 햇살이 사과나무들 사이로 옮겨가며 손가락에 낀 오팔 반지가 초록빛으로 반짝였다가, 장밋빛으로 반짝였다가, 다시 오렌지빛으로 변했다. 미풍이 불자 그녀의 보라색 원피스가 줄기에 달린 꽃잎처럼 팔랑거렸다. 풀들이 고개를 숙이고, 어디선가 흰 나비가 날아와 그녀의 얼굴가를 날아다녔다.

머리 위로 4피트(약 1미터) 위에 사과가 매달려 있었다. 갑자기 금이 간 황동 징을 매섭게 울리듯 째지는 소리가 들려왔다. 초등학교 아이들이 입을 모아 구구단을 외웠을 뿐이다. 선생님에게 야단을 맞는지 소리가 잠시 끊어지더니 아이들은 다시 구구단을 외우기 시작했다. 이 떠들썩한 소리는 미란다의 머리 위 4피트 높이를 지나, 뻗어난 사과나무 가지들 사이를 휘휘 헤쳐갔다. 학교에 있어야 할 시간에 산울타리에서 블랙베리를 따던 목장집 아들이 그 소리를 듣고 제풀에 놀라 가시에 엄지손가락을 찔렸다.

잠시 후 혼자 우는 소리가 들렸다. 슬프게 울부짖는 사람의 소리였다. 파슬리 영감이 그야말로 인사불성으로 취해 있었다.

사과나무 꼭대기, 지상에서 30피트(약 10미터)

쯤 되는 곳에는 파란 하늘을 배경으로 물고기처럼 납작한 잎사귀들이 매달려 구슬프고 음울한 곡조에 맞춰 흔들리고 있었다. 교회 오르간으로 연주되는 고금의 찬송가 중 하나였다. 허공에 둥둥 떠서 흘러가던 슬픈 곡조는 어느 지점에선가 무서운 속도로 날아가는 한 떼의 개똥지빠귀를 만나 산산조각으로 흩어졌다. 미란다는 30피트 아래 누워 자고 있었다.

그때 사과나무와 배나무 위, 그러니까 과수원에 누워 자고 있는 미란다의 머리 위 200피트(약 60미터) 높이에서 종이 울렸다. 육중하고 엄격한 소리가 간헐적으로 퍼져나갔다. 여섯 명의 가난한 여인들이 예배에 참석했고 목사님이 하늘에 감사기도를 드리고 있었던 것이다.

교회 종탑 위에 세워진 풍향계의 황금 깃이 끼익 삐걱거리며 남쪽에서 동쪽으로 방향을 틀었다. 바람이 바뀌었다. 모든 것보다 높은 곳에서 바람이 윙윙거렸다. 숲보다도, 초원보다도, 언덕보다도, 과수원에 누워 자고 있는 미란다보다도 수 마일이나 높은 곳에서. 두 눈도 없고 생각도 없이 불기만 하는 바람에 맞설 것은 아무것도 없었다. 다시 남쪽으로 바람이 방향을 바꿨다. 수 마일 아래, 바늘구멍만 한 곳에 미란다가 벌떡 일어나 크게 소리쳤다. "어머나, 차 마시는 시간에 늦겠어!"

미란다는 과수원에서 잤다. 아니, 어쩌면 자고 있지 않았는지도 모른다. 그녀의 입술이 'Ce pays est vraiment un des coins du monde…… où le rire des filles…… éclate…… éclate…… éclate(이 나라는 정말이지…… 소녀들이 맘껏 웃음을…… 터뜨리는…… 터뜨리는…… 터뜨리는 곳이다)'라고 웅얼거리듯 살짝 움직였기 때문이다. 미란다는 미소를 지으며 대지에 온몸의 무게를 실었다. 그러자 대지가 일어서 그녀를 마치 가벼운 나뭇잎처럼, 아니 여왕처럼 가뿐히 업어주었다. (그때 아이들이 구구단을 외우기 시작했다.) 아니야. (미란다는 계속 상상의 나래를 펼쳤다). 나는 지금 절벽 위에 누워 있고, 하늘에서 갈매기들이 끼룩거리는 건지도 몰라. 미란다의 상상은 이어졌다. 그러는 동안 선생님이 아이들을 꾸짖고, 지미의 손마디를 피가 날 정도로 때렸다. 갈매기는 높이 날수록 바다 깊은 곳을 볼 수 있을 거야. 미란다는 손가락에 힘을 빼고 입술을 살며시 다문 채, 바다 위에 둥실 떠 있는 상상을 해 보았다. 그러자 술 취한 이의 고함이 머리 위에서 들렸고, 그녀는 몹시 황홀한 기분으로 숨을 훅 들이마셨다. 진홍색 입 안에 있는 거친 혀를 지나 터져 나오는 생명의 외침을 들은 것 같았기 때문이다. 그것은 마치 종에서, 바람에서, 양배추의 둥근 초록잎에서 나오는 소리 같기도 했다.

오르간으로 고금의 찬송가가 연주되고 여섯 명의 가난한 여자들이 예배당에 도착하고, 종이 울릴 때 그녀는 결혼식을 올리는 중이었다. 간헐적으로 울려 퍼지는 그 육중한 소리는 마치 대지를 흔들면서 그녀를 향해 달려오는 말발굽 소리 같았다. ('아, 나는 기다리기만 하면 돼!' 그녀는 이렇게 생각하며 깊은 숨을 내쉬었다.) 그러자 그녀 주변의 모든 게 요동치고, 소리치고, 내달리고, 날아다니는 느낌이었다. 그녀를 에워싸기도 하고, 가로지르기도 하고, 그녀를 향해서 달려오는 것도 같았다.

메리가 나무를 쪼개고 있는 거야. 미란다는 생각했다. 피어만이 소 떼를 몰고, 수레가 언덕진 초원을 오르고, 말을 탄 사람은…… 그녀는 사람들과 수레와 새들 그리고 말을 탄 사람의 움직임을 눈으로 따라갔다. 자신의 심장박동에 맞춰 모두 빙글빙글 돌다가, 초원을 가로질러 멀어질 때까지.

지상에서 수 마일 높이의 바람이 방향을 바꿨다. 교회 종탑에 달린 황금 깃이 삐걱거리며 돌아갔다. 미란다가 벌떡 일어나며 소리쳤다. "어머나, 차 마실 시간에 늦겠어!"

미란다는 과수원에서 잤다. 아니 정말 잠이 들었던가? 혹시 잠들지 않았던 건 아닌가? 그녀의 보라색 원피스가 두 그루의 사과나무 사이에 당겨져 있었다. 과수원에는 스물네 그루의 사과나무가 있었는데 옆으로 비스듬히 자라는 것도 있고, 줄기를 따라 위로 곧게 자라 빨갛거나 노란색의 둥근 열매를 맺는 것도 있었다. 한 나무마다 충분한 공간을 차지했다. 나뭇잎은 하늘을 가득 채웠다. 바람이 불면 담장에 기대 있던 가지들이 약간 기울었다가 제자리로 돌아왔다. 할미새 한 마리가 한쪽 모퉁이에서 반대편으로 대각

선을 그리며 날아갔다. 개똥지빠귀가 땅에 떨어진 사과를 향해 조심스럽게 다가갔다. 또 다른 담장에서 참새 한 마리가 파드득거리며 풀밭 위로 낮게 날았다. 이러한 움직임들 때문에 위로 쭉쭉 뻗어야 할 나무들이 머뭇거리며 자라지 못했다. 그래서 모두 과수원 담장 안에 꼭 짜여 있었다. 땅 아래로 몇 마일짜리 뿌리들이 단단히 엉켜 있을 것이나 겉흙은 물결치는 대기에 실려 나풀거렸다. 과수원 모퉁이를 가로질러 초록과 파랑을 기다란 보라색이 갈랐다. 바람이 바뀌자, 한 다발의 사과가 높이 쳐들리면서 초원에서 풀을 뜯고 있는 두 마리의 소를 가렸다. ("어머나, 차 마시는 시간에 늦겠어!" 미란다가 소리쳤다.) 사과 다발이 제자리로 돌아와 담장에 가지런히 걸렸다.

전화

The Telephone

런던은 사정없이 솟구쳐 창문으로 밀려든다. 수많은 집들, 점점이 뿌려진 불빛, 바닥에 리본처럼 길게 드리워진 도로, 또는 대기로 떠올라 흩어지는 수백만 개의 입자들. 실에 묶인 풍선처럼 거대한 도시가 이리로, 저리로 떠오른다. 가까이 오라. 더 가까이! 전화벨이 울린다. 따르릉— '배가 내일 출항합니다.' 따르릉— '중국의 황제.' 따르릉— '삶은 기쁨입니다.' 따르릉, 따르릉— 그렇지만 전화를 받지는 말자.

본드 가의 댈러웨이 부인

Mrs Dalloway in Bond Street

댈러웨이 부인은 직접 가서 장갑을 사겠다고
했다.

막 거리로 나섰을 때 빅 벤(영국 런던의 국회의사
당 시계탑에 있는 시계—옮긴이)이 울렸다. 열한 시였
고, 해변에서 놀고 있는 아이들에게 내준 듯 아
직 쓰지 않은 시간은 신선했다. 그러나 신중하게
반복되어 울리는 시계의 종소리에는 어딘지 엄
숙함이 담겨 있었으며, 바퀴의 웅성거림과 부산
한 발자국에는 술렁임이 묻어났다.

모두가 즐거운 일로 다니는 건 아닐 것이다.
웨스트민스터 거리를 걷고 있다는 사실 말고도
우리 삶에는 많은 일이 일어나니까. 빅 벤도 공

무청에서 관리하지 않으면 녹슬고 마는 쇠막대에 불과하다. 오직 댈러웨이 부인에게만 그 순간은 부족함 없이 완전했다. 댈러웨이 부인에게 6월은 신선했다. 행복했던 어린 시절. 저스틴 패리가 그의 딸들에게만 좋은 사람으로 보였던 것은 아니라는 점(물론 그는 법정에 앉았을 때도 마음 약한 사람이었다), 해 질 무렵의 꽃들, 피어오르는 연기, 까마득히 높은 하늘에서 시월의 공기를 가르며 날아드는 떼까마귀의 울음소리…… 이 어린 시절의 기억을 어떤 것도 대신하진 못한다. 민트 잎 하나, 또는 파란 테를 두른 컵 하나로 곧장 그 시절이 아른거리곤 했다.

가여운 사람들. 그녀는 한숨을 지으며 앞으로 걸음을 옮긴다. 저런, 바로 말의 코밑에서! 장난꾸러기들 같으니! 길 건너의 지미 도우즈가 씩 웃음을 지어 보였다. 그녀는 갓길 연석 위에 서서 손을 뻗었다.

매력 있는 여자야. 차분하면서 열성적이고. 볼이 분홍빛으로 발그레한 데 비해 흰머리가 이상할 정도로 많기는 하지만. 그녀를 본 스크롭 퍼시스 경이 서둘러 사무실로 들어가며 생각했다. 댈러웨이 부인은 꼿꼿이 서서 화물차가 지나가기를 기다렸다. 빅 벤이 열 번째 종을 치고, 열한 번째 종을 쳤다. 묵직하고 둥근 파장이 공중에 퍼졌다. 그녀를 곧추세우는 것은 자긍심. 대대로 내려오는, 그녀가 물려받고 물려주게 될, 훈육과 고통을 통해 몸에 밴 바로 그것. 사람들은 어떻게 고통을 감당했을까, 그들은 어떻게 견뎠을까? 어젯밤에 대사관에서 만난 폭스크로프트 부인을 떠올리며 생각했다. 보석으로 치장했지만 비통함이 가득하던 그녀. 훌륭한 아들을 잃고 오랜 보금자리였던 장원의 저택은 사촌의 손에 넘어가게 생겼으니 그럴 만도 했다. (더트널의 화물차가 지나갔다.)

"좋은 아침입니다!"

어린 시절부터 알고 지내던 휴 윗브레드가 식기류 상점 앞을 지나다가 다소 과장된 몸짓으로 모자를 들어 보이며 인사했다.

"어디를 가십니까?"

"런던 거리를 걷는 게 좋아서요."

댈러웨이 부인이 대답했다.

"시골길을 걷는 것보다는 훨씬 좋잖아요!"

"우리도 막 올라왔답니다."

휴 윗브레드가 말했다.

"의사를 봐야 할 일이 생겨서."

"밀리 때문에요?"

클라리사 댈러웨이가 연민 어린 표정을 지으며 물었다.

"기력이 없는 것 같아요."

휴 윗브레드가 말했다.

"그런 거 있잖습니까. 딕은 잘 있죠?"

"더할 나위 없이 잘 있죠!"

클라리사가 대답했다.

그럴 때도 됐지. 그녀는 걸으면서 생각했다. 밀리가 내 나이쯤 됐으니까. 쉰 살이나 쉰두 살. 휴의 말로 미루어 짐작해 볼 때 분명히 그거였다. 나의 옛 친구 휴. 클라리사는 즐거운 기억들을 고맙고 설레는 마음으로 떠올렸다. 옥스퍼드에 다니던 시절 가끔 집에 와 있을 때면 늘 쑥스러워 하고, 오빠 같았던 휴. 실제 오빠에게 속을 털어놓느니 차라리 죽는 게 나을 테지만 말이다. 그때 함께 어울리던 무리 중 한 명이 말을 못 탔었다. 정말 한심한 일이지 않은가. 여자들이 그런 식이라면 어떻게 국회에 앉아 있을 수 있겠는가? 어떻게 남자들과 일을 할 수 있겠는가? 사람의 마음속에는 특별한 직감 같은 것이 있어서, 아무리 애써 봐야 소용없다고 속삭일 때가 있다. 그런데 휴 같은 남자는 우리가 말하지 않아도 그

걸 존중해 준다. 그래서 사람들이 그를 좋아하는
거지. 클라리사는 생각했다.

애드미럴티 아치(빅토리아 여왕을 기리며 지어진 해
군본부 근처의 아치─옮긴이)를 지나자 호리호리한
나무들이 늘어선 텅 빈 도로 끝에 빅토리아 여
왕의 흰 동상이 보였다. 빅토리아 여왕의 모성애
넘치는 듯 자애로우면서 수수한 모습은 언제나
보는 이로 하여금 빙긋이 미소 짓게 만들면서도
숭고함이 배어 있었다. 댈러웨이 부인은 동상을
보면서 켄싱턴 가든(하이드 파크와 더불어 런던의 대
표적인 공원─옮긴이)을 떠올렸다. 그곳에 있던 뿔
테 안경 쓴 노파와, 어린 그녀에게 얌전히 서서
여왕께 절을 올리라고 말하던 유모 생각이 났다.
왕궁 위에서는 깃발이 나부끼고 있었다. 왕과 여
왕이 돌아왔다는 뜻이다. 딕은 얼마 전 오찬에서
여왕을 만났다면서, 빈틈없이 훌륭한 분이라고
했다. 가난한 사람들에게 그건 아주 중요한 문제

다. 그리고 군인들에게도. 여왕의 왼편에는 청동
동상의 사나이가 왼손에 총을 들고 받침대 위에
영웅적으로 서 있었다. 남아프리카 전쟁이다. 중
대한 사건이었지. 댈러웨이 부인은 버킹엄궁을
향해 걸어가면서 생각했다. 사각형의 궁전이 쏟
아지는 햇살을 받으며 위풍당당하게 서 있었다.
저건 특징적인 기질 같은 거야. 그녀는 생각했
다. 종족의 혈통에 이어져 내려오는 무언가. 인
도인들이 존중했던 그것. 여왕은 병원을 방문하
고, 바자를 열기도 했다. 영국의 여왕. 클라리사
는 궁전을 바라보며 생각했다. 이른 시각인데 벌
써 자동차 한 대가 정문을 빠져나왔다. 군인들이
경례를 했고 문이 닫혔다. 그녀는 흐트러짐 없는
자세로 길을 건너 공원으로 들어갔다.

6월의 나무에는 잎이 무성했다. 웨스트민스터
지역에 사는 아기엄마들이 반점이 난 가슴을 내
놓고 아기들에게 젖을 먹이고 있었다. 잔디밭에

는 얌전해 보이는 소녀들이 몸을 뻗고 누워 있었다. 한 노인이 굳은 몸을 애써 구부리고 구겨진 종잇조각을 집어 들더니 편편하게 펴 보고는 다시 던져 버렸다. 저런, 세상에! 어젯밤 대사관에서 다이튼 경이 말했었다.

"내 말을 잡고 있어 줄 사람이 필요하면, 난 그저 손을 들기만 하면 돼요."

그러면서 종교 문제가 경제 문제보다 훨씬 심각하다는 말을 했는데, 댈러웨이 부인은 다이튼 경 같은 사람이 그런 말을 하는 것이 무척 흥미롭다고 생각했다.

"이 나라는 자기들이 무엇을 잃었는지 절대 알지 못할 겁니다."

그는 누가 시키지 않았는데 자기가 존경하는 잭 스튜어트 이야기를 하면서 이렇게 말했다.

그녀는 나지막한 언덕을 가볍게 올랐다. 바람이 힘 있게 대기를 휘저었다. 플릿 가에서 해군

본부로 전령이 가고 있었다. 피커딜리 광장과 알링턴 가, 그리고 몰 가에 가득한 신선한 활력을 클라리사는 사랑했다. 그 활력이 공원의 공기를 데우고 나뭇잎을 뜨겁고 눈부시게 날구는 것 같았다. 그녀는 말을 타는 것도, 춤을 추는 것도 좋아했다. 교외에서 긴 산책을 하면서 책에 대해, 삶에 대해 이야기하는 것도 좋아했다. 젊은이들은 놀라울 정도로 아는 체하기를 좋아하니까. 아, 이건 누군가가 했던 말인데! 그렇지만 젊은 시절에는 신념이라는 게 있지. 중년은 악마의 나이야. 하지만 잭 스튜어트 같은 사람은 그런 걸 절대 모를 거라고 클라리사는 생각했다. 그는 한 번도 죽음을 생각해 본 적 없었을 뿐 아니라, 사람들 말에 따르면 자신이 죽어가고 있다는 것도 끝내 몰랐다고 하니까. 지금은 그를 애도할 수도 없다. 그 시가 어떻게 되더라? 백발이 된 머리…… 서서히 세상의 때로 물들게 하는 오염으로부터(셸리의 시 〈아도네이스〉에서 한 구절을 인용한다—옮긴이)……. 벌써 한두 잔 받아 마셨으니(중세 페르시아 시인 오마르 하이얌의 시구이다—옮긴이)……. 오염된 세상에 서서히 물들어! 클라리사는 다시한 번 자세를 곧추세웠다.

그렇지만 잭은 얼마나 소리를 질렀을까! 피커딜리 광장에서, 셸리의 시를 따 읊으면서! "당신은 핀을 더 꽂아야겠소."라고 그녀에게 말했을 것이다. 그는 초라하게 하고 다니는 걸 싫어했으니까.

"맙소사, 클라리사! 클라리사, 세상에!"

데본셔 하우스 파티에서 단출한 낡은 실크 드레스를 입고 호박 목걸이를 한 가엾은 실비아 헌트를 보며 그가 했던 말이 지금도 귓전에 울리는 듯했다. 클라리사는 입 밖으로 큰 소리를 내며 말하다가 허리를 펴고 자세를 똑바로 했다. 지금 그녀가 있는 곳은 피커딜리 광장이니까. 매끈한

52

녹색 기둥과 발코니가 있는 집을 지나고, 창문마다 신문이 가득 찬 클럽회관을 지나고, 털에 윤기가 흐르는 흰 앵무새를 걸어 놓은 버뎃코우츠 부인의 저택과 이제는 금박 입힌 표범이 없어진 데본셔 하우스를 지났다. 클라리지의 집을 지날 때는 딕이 젭슨 부인에게 메시지 카드를 전해달라고 한 부탁을 떠올렸다. 그러지 않으면 그녀가 떠나 버릴 거라면서. 부유한 미국인은 아주 매력적일 수 있지. 아이들이 블록 놀이를 해 놓은 것 같은 세인트 제임스 궁전이 보였다. 이제 클라리사는 본드 가를 지나 해차드 서점 앞까지 왔다. 시선을 빼앗는 것들과 그것이 불러오는 기억들은 끝없이…… 끝없이…… 끝없이 이어졌다. 로즈 의사당, 애스컷 경마장, 헐링엄 폴로 경기장. 저건 뭐지? 저 오리 좀 봐! 클라리사는 서점의 넓은 내닫이창에 진열된 회고록의 표지들을 보면서 생각했다. 조슈아 경 아니면 롬니 같은데. 장난스러우면서 밝고 새침한 소녀도 보였다. 그녀의 딸 엘리자베스 같은 진짜 소녀다운 소녀. 그리고 너무 엉뚱한 책,《소피 스펀지》도 있다. 짐은 그 책에 나오는 구절을 장황하게 인용하곤 했다. 그리고 클라리사가 줄줄 외우고 있는 셰익스피어 소네트. 클라리사는 필과 다크 레이디(셰익스피어 소네트에 묘사되는 여성 등장인물—옮긴이)에 관해서 하루 종일 토론을 벌인 적도 있었는데, 그날 저녁 식사 자리에서 딕이 자기는 다크 레이디에 대해 들어 본 적도 없다고 솔직하게 고백했었다. 그렇다, 그녀는 그런 결혼을 한 것이다! 그는 셰익스피어를 한 번도 읽어 보지 않았다! 비싸지 않으면서 밀리에게 사다 줄 만한 책이 있을 텐데. 엘리자베스 개스켈의 소설,《크랜포드》가 좋겠군! 페티코트를 입은 암소만큼 사랑스러운 게 또 있겠어? 사람들이 그런 유머를, 그런 식의 자존감을 간직하고 살 수만 있다면. 클라리사는 큼직한 그 책의 페이지를 떠올리며 생각했다. 마지막 문장, 그리고 자신들이 진짜 사람인 양 이야기하던 등장인물들. 좋은 것을 찾으려면 과거로 돌아가야 해. 세상의 때로 서서히 물들이는 오염으로부터…… 태양의 열기를 더 이상 두려워 말라……(셰익스피어의 희곡〈심벨린〉에 나오는 구절―옮긴이). 이제 더 이상 애도할 수도 없네, 애도할 수 없네. 클라리사는 진열창 안을 두리번거리며 되뇌었다. 그녀의 머릿속에 위대한 시의 감흥이 일어났다. 클라리사는 현대 작가들이 죽음에 관해서 쓴 글 중에는 읽을 만한 게 없다고 생각하면서 돌아섰다.

버스 뒤로 자동차들이, 자동차 뒤로 트럭이, 트럭 뒤로 택시가, 택시 뒤로 자동차들이……. 소녀 혼자 타고 가는 오픈카도 보였다. 새벽 네 시까지 잠도 안 자고 두 발이 얼얼할 정도로 춤을 추었을 거야. 나도 그 기분 알지. 클라리사가 생각했다. 반쯤 감은 눈으로 기운 하나 없이 자동차 한구석에 앉아 있는 걸 보면 알 수 있어. 그 뒤로 또 계속 차가 이어졌다. 아니! 아니! 아니야! 클라리사가 선한 미소를 지었다. 통통한 여인이 치장을 공들여 했네. 다이아몬드만 빼고 말이지. 난초! 이렇게 이른 아침에! 아니! 아니! 아니지! 길을 건널 차례가 되면 저 훌륭한 경찰관이 손을 들어 줄 거야. 자동차 한 대가 또 지나갔다. 어쩌면 저렇게 보기 흉할 수가! 어린 소녀가 왜 눈가를 시커멓게 칠하고 다니는 거야? 젊은 남자가 이 시간에 여자와, 지금 나라가 이 지경인데……. 존경스러운 경찰관이 손을 들자 클라리사는 그의 수신호에 따라 천천히 길을 건너 본드 가로 향했다. 좁고 구불구불한 길과 노란 휘장이 눈에 들어왔다. 그리고 굵게 마디가 진 전선이 하늘을 가로지르며 뻗어 있었다.

백 년 전, 콘웨이 가문의 딸과 도망친 클라리

사의 고조부 시모어 패리도 본드 가를 지나다녔다. 패리 가문의 사람들은 백 년 동안 본드 가를 이용했으며, 그러다가 마주 오는 댈러웨이가 (외가의 성씨는 '리'이긴 하지만)의 사람들을 만났을지도 모른다. 그녀의 아버지는 힐즈에서 옷을 구입했다. 창가에는 말아 놓은 옷감 뭉치가 놓여 있었고, 탁자 위에는 무척 비싸 보이는 항아리 하나가 동그마니 놓여 있었는데, 마치 생선 가게의 얼음덩어리 위에 얹힌 핑크빛 연어 같았다. 보석들은 매우 정교했다. 핑크와 주홍의 별 모양으로 빛나는 보석들, 석고로 만든 복제품과 스페인석 그리고 오래된 금목걸이도 있었다. 반짝이는 벨트 장식과, 올림머리를 한 귀부인들이 옥색 공단 드레스에 꽂았던 작은 브로치들도 있었다. 그렇지만 눈독 들여서 좋을 건 없어! 돈을 아껴야지. 그녀는 그림 가게도 지나쳤다. 그곳에는 특이한 프랑스풍의 그림 하나가 걸려 있었는데, 마치 분홍색, 파란색의 색종이 조각을 장난 삼아 뿌려 놓은 것 같았다. 클라리사는 에올리안 홀을 지나면서 생각했다. 평생 그림과 함께 살아온 사람이라면, 책이나 음악도 마찬가지겠지만, 장난에 불과한 작품들에 혹해서 들어가진 않아.

본드 가는 발 디딜 틈 없이 북적이고 있었다. 승마 대회에 참석한 여왕처럼 고고한 자세로 위엄을 자랑하는 벡스버러 백작부인의 모습이 보였다. 곧은 자세로 자동차에 혼자 앉아서 안경 너머로 거리를 바라보고 있었다. 손목이 느슨한 흰 장갑을 끼고 있었으며, 검정색 드레스를 입었는데 꽤나 낡아 보였지만, 클라리사는 그래서 더욱 특별하고 고고한 분위기를 전해준다고 생각했다. 교양과 자긍심이 풍겨 나왔다. 그녀는 말을 너무 많이 하지도 않으며 사람들의 입에 오르내리지 않도록 처세에도 빈틈이 없었다. 정말 대단한 여자다. 그 긴 세월을 알고 지냈지만 누구

하나 감히 흠집을 내지 못하는 그녀가 거기 있었다. 클라리사는 화장을 곱게 한 채 미동도 없이 앉아 있는 백작부인 곁을 지나며 생각했다. 클라리사는 자기도 저렇게 될 수만 있다면 뭐라도 내놓을 것 같았다. 남자처럼 정치에 대해서도 말할 수 있는 클레어필드의 안주인 말이다. 그렇지만 외출을 거의 하지 못하겠지. 그 점은 물어보나 마나일 거라고 생각했다. 그러는 동안 자동차는 지나갔고 승마 대회에 참석한 여왕 같은 벡스버러 백작부인의 모습도 사라졌다. 그녀에겐 이제 삶의 낙이라는 게 없을 것이다. 늙은 남편도 점점 기력이 쇠약해지고 있으며, 사람들의 말에 의하면 백작부인은 그러한 남편의 수발을 드는 일에 지쳐 있다고 하니까. 그런 생각들을 하다 보니 상점에 들어갈 즈음에는 정말로 눈가가 촉촉해졌다.

"좋은 아침이에요."

클라리사가 매력적인 음성으로 인사했다.

"장갑을 좀 보고 싶어요."

클라리사는 특유의 다정한 어조로 이렇게 말하며 가방을 계산대 위에 올려놓고 천천히 단추를 풀기 시작했다.

"흰 장갑으로요. 팔꿈치 위까지 올라오는 걸로."

그녀는 점원의 얼굴을 똑바로 바라보았다. 내가 기억하고 있는 여자가 아닌가? 그 여자는 꽤 나이가 있어 보였는데.

"이건 너무 끼는 것 같네요."

클라리사가 말했다. 점원이 장갑을 살펴보았다.

"부인, 팔찌를 하고 계신가요?"

그러자 클라리사가 손가락을 펴 보이며 말했다.

"반지 때문인 것 같네요."

점원은 회색 장갑을 가지고 계산대 끝으로 갔다.

맞아. 클라리사는 생각했다. 내가 기억하는 그 여자는 스무 살쯤 더 위였던 것 같아⋯⋯. 상점 안에는 숙녀 고객이 한 명 더 있었는데, 그녀는 옆으로 비스듬히 앉아 팔꿈치를 카운터에 올려놓고 손을 아래로 늘어뜨린 채 멍하게 앉아 있었다. 클라리사는 그녀가 일본 부채 그림에 나오는 여자의 모습 같다고 생각했다. 너무 멍한 거 아닌가. 하지만 저런 여자를 좋아하는 남자들도 있겠지. 숙녀가 안타까운 듯 고개를 저었다. 회색 장갑은 너무 컸다. 그녀는 진열장을 향해 돌아앉았다.

"손목 위까지 오는 걸로요."

그러면서 머리가 희끗한 점원을 책망하는 듯한 어조로 말했다. 점원이 돌아보며 고개를 끄덕였다.

두 사람은 기다렸다. 시계가 째깍거렸다. 본드 가에서 들려오는 소음이 희미하고 멀게 느껴졌다. 점원이 장갑을 들고 왔다.

"손목 위로요."

숙녀 손님이 답답한 듯 언성을 조금 높여 말했다. 의자와 얼음, 꽃, 외투 보관실 보관표도 주문해야 해. 클라리사가 생각했다. 그녀가 만나고 싶지 않은 사람들이 올 것이다. 정작 보고 싶은 사람들은 오지 않을 것이고. 그녀는 문 옆에 서 있어야 할 것이다. 상점에서는 스타킹도 팔았다. 실크 스타킹. 장갑과 신발을 보면 그 여자를 알 수 있다고 예전에 윌리엄 삼촌이 늘 말했다. 클라리사는 하늘거리며 걸려 있는 스타킹들 뒤로 비치는 숙녀의 모습을 바라보았다. 비스듬히 기운 어깨와 늘어뜨린 손, 흘러내리는 가방, 바닥을 향하고 있는 멍한 시선. 촌스러운 여자들이 파티에 온다면 참을 수 없을 것 같아! 키츠가 빨

62

간 양말을 신었다면 사람들이 그를 좋아했을까?
아, 드디어…… 계산대로 다가서는데 클라리사
의 머릿속에 한 가지 떠오르는 게 있었다.

"전쟁 전에 진주 단추 달린 장갑 팔았던 것 기
억하세요?"

"프랑스 장갑 말씀이신가요, 부인?"

"맞아요. 프랑스 장갑이었어요."

클라리사가 말했다. 카운터에 앉아 있던 숙녀
가 시무룩하게 일어나 가방을 들었다. 그러고는
계산대에 놓인 장갑들을 바라보았다. 모두 너무
큰 것들이었다. 늘 손목에 비해 헐렁하다.

"진주 단추들이 달려 있었죠."

점원이 말했다. 조금 전보다 한결 늙어 보이는
그녀가 두 겹으로 된 포장 종이를 계산대 위에
놓고 갔다. 단순한 디자인에 진주 단추가 달려
있었지. 클라리사는 생각했다. 전형적인 프랑스
풍이었어!

"부인 손이 아주 가녀린 편이세요."

점원이 반지 위로 장갑을 야무지게 잡아당기며 말했다. 클라리사는 거울을 통해 자신의 팔을 내려다보았다. 장갑은 팔꿈치까지 올라오지 않았다. 반 인치 정도 더 긴 게 있으려나? 하지만 점원을 더 이상 귀찮게 하기에는 그녀가 너무 지쳐 보였다. 어쩌면 한 달에 한 번 찾아오는 그날인지도 모르지. 클라리사는 생각했다. 그런 날은 서 있기조차 힘드니까.

"아, 괜찮아요."

클라리사는 말했지만, 그녀는 다른 장갑을 가져왔다.

"많이 고단하시죠."

클라리사가 특유의 매력적인 음성으로 말했다.

"서 있으려면 말이에요. 휴가는 언제 가세요?"

"9월에요, 부인. 그땐 가게가 그렇게 바쁘지

않으니까요."

우리가 시골에 가 있을 때로군. 아니면 사냥을 하거나. 클라리사는 생각했다. 그녀는 브라이튼의 비좁은 숙소에서 2주 지낼 예정이다. 집주인 여자는 설탕을 숙박비로 받는다. 이 점원을 시골에 있는 럼리 부인에게 갈 수 있도록 해 주는 건 너무 쉬운 일인데. 클라리사는 이 말이 하고 싶어 혀끝이 근질거렸다. 하지만 바로 그 순간 신혼여행 갔을 때 딕이, 충동적으로 베푸는 일이 얼마나 어리석은 행위인지에 대해 했던 말이 떠올랐다. 그런 짓을 하느니 중국과 교역을 트는 일이 훨씬 더 보람 있을 거라고. 물론 그의 말이 옳았다. 그리고 클라리사가 느끼기에도 점원 여자가 남들로부터 뭘 받는 걸 좋아할 것 같지 않았다. 그녀는 자기가 있어야 할 자리에 있었고, 딕은 딕이 있어야 할 곳에 있었다. 장갑을 파는 일은 그녀의 일이었고, 그녀는 자신의 슬픔을 그와 별개로 감당하고 있었다. '이제는 애도할 수 없네, 애도할 수도 없어.'라는 구절이 뇌리에 스쳤다. '세상의 때로 서서히 물들어가는 오염으로부터.' 클라리사는 팔을 힘주어 뻗은 채로 생각했다. 모든 게 허무하게 느껴지는 순간이 있지 않은가. (장갑이 벗겨지면서 팔에 칠했던 분가루가 날렸다.) 더 이상 신을 믿을 수 없을 것 같은 순간들 말이다.

갑자기 자동차 소리가 요란해졌고, 실크 스타킹들이 한결 밝게 빛났다. 그리고 손님 한 사람이 들어왔다.

"흰 장갑을 사려고요."

그녀가 말했다. 클라리사가 알고 있는 음성이었다.

예전엔 참 단순했었는데. 클라리사는 생각했다. 대기를 타고 떼까마귀의 울음소리가 들려왔다. 수백 년 전 실비아가 죽었을 때에도 새벽 예배가 시작되기 전, 주목나무 울타리에 덮인 거미줄에는 이슬방울이 다이아몬드처럼 매달려 반짝였겠지. 만약 딕이 내일 당장 죽는다면 신을 믿는 문제에 있어서는…… 아니. 클라리사는 생각했다. 그 문제에 대해서만큼은 아이들이 선택하게 할 것이라고. 그렇지만 벡스버러 백작부인은 사랑하는 아들 로덴의 전사 통지서를 받고서도 바자회를 열었다고 하지 않던가. 클라리사는 자기도 그녀처럼 삶을 굳건히 살아갈 것이라고 생각했다. 그렇지만 왜 그래야 하지? 신을 믿지 않는다면? 타인을 위해서겠지. 클라리사는 장갑을 받으며 생각했다. 저 점원도 신을 믿지 않았다면 훨씬 더 불행했을 거야.

"30실링입니다."

점원이 말했다.

"아니, 죄송합니다, 부인, 35실링이네요. 프랑스 장갑은 좀 더 비싸거든요."

사람은 자기를 위해 살아가는 게 아니니까.

방금 들어온 손님이 장갑 하나를 들고 잡아당겼다. 그러자 장갑이 찢어졌다.

"저런!"

그녀가 놀라 소리쳤다.

"가죽이 문제가 있네요."

머리가 희끗한 점원이 얼른 말했다.

"가끔 무두질할 때 산이 한 방울 섞이기도 하니까요. 이걸로 껴 보세요, 부인."

"그런데 35실링은 정말 터무니없이 비싼 가격이네요!"

클라리사는 다른 손님을 쳐다보았다. 그녀도 클라리사를 보았다.

"전쟁 후에는 장갑 공급이 안정되지 않아서요."

점원이 클라리사를 향해 미안한 듯 말했다.

그런데 저 여인을 어디서 보았더라? 턱 밑에

주름살이 접힌 노부인은 검은 리본에 금테 안경을 매달아 걸고 있었는데 사전트(19세기 상류사회를 주로 그린 초상화가—옮긴이)의 그림에 등장하는 인물처럼 관능적이면서도 영리해 보였다. 남을 조종하는 성향이 있는 사람이라는 걸, ("너무 꼭 끼네요." 노부인이 말했다.) 목소리만으로 어떻게 알 수 있겠어. 클라리사는 생각했다. 점원은 다시 멀어졌다. 클라리사는 기다려야 했다. 더 이상 두려워 말라. 클라리사는 손가락으로 계산대 위를 두드리며 되뇌었다. 태양의 열기를 더 이상 두려워 말라. 두려워 말라, 그녀는 반복해서 되뇌었다. 팔뚝엔 작게 갈색 반점들이 나 있었다. 점원은 달팽이처럼 느릿느릿 걸어왔다. 세상에서 그대의 임무는 끝났으니. 수천 명의 젊은 이들이 쓰러져 죽었고, 세계는 계속 되리라. 드디어! 팔꿈치 위로 반 인치 올라오는 장갑이었다. 진주 단추가 달렸고, 80실링이었다. 이봐요,

친애하는 느림보 코치님, 클라리사는 생각했다.
내가 아침 내내 여기 앉아 있어도 되는 줄 알아
요? 이제 거스름돈 가져다주는 데 25분은 걸리
겠군요!

밖에서 큰 폭발음이 들려왔다. 점원은 겁을 먹
고 계산대 뒤로 웅크렸다. 하지만 클라리사는 더
욱 꼿꼿한 자세로 앉아, 저편 손님을 향해 미소
지었다.

"안스트루더 양!"

그녀가 반갑게 외쳤다.

프라임 양

Miss Pryme

윔블던에 사는 의사의 셋째 딸 프라임 양이 나이 서른다섯에 러섬에 정착한 것은 세상을 좀 더 나은 곳으로 만들겠다는 결심 때문이었다. 그녀가 사는 윔블던은 너무 지루하고 풍요로웠으며, 사람들은 테니스를 몹시 좋아했으나 사려 깊지 못하고 무관심했다. 그리고 그녀의 말이나 바람에 전혀 관심이 없었다.

러섬은 부패한 마을이었다. 그 이유 중 하나는 마을에 버스가 없다는 것이었으며, 시내까지 이어진 길은 겨울에는 이용할 수 없었다. 그래서 러섬 사람들은 남들의 평판에 별 영향을 받지 않았다. 교구 성공회의 사제인 펨버 신부는 칼라가 깨끗한 옷을 입은 적이 없었을 뿐 아니라 목욕도 하지 않았다. 늙은 하인 마벨이 없었다면 몰골이 너무 지저분해서 교회에 나오지 못하는 일도 종종 있었을지 모른다. 당연히 제단에는 양초도 없었고 세례반은 금이 가 있었다. 프라임 양은 신부가 미사 중간에 슬쩍 밖으로 나가 묘지에서 담배를 피우는 걸 목격하기도 했다. 러섬에 정착하고 처음 3년 동안, 프라임 양은 사람들이 하지 말아야 할 행동을 하는 것을 잡아내면서 시간을 보냈다. 벤트 씨네 느릅나무 가지는 사람들이 관을 메고 오솔길을 올라갈 때 관을 스치기 때문에 쳐내야 하고, 카 씨네 담장은 불룩하게 튀어나와 있어서 처음부터 다시 쌓아야 한다. 파이 부인은 취하도록 술을 마시고, 콜 부인은 경찰관과 동거생활을 해서 동네에 안 좋은 소문이 자자하다. 이렇게 동네 사람들의 그릇된 행동을 잡아내는 동안 프라임 양의 얼굴은 찌푸린 표정으로 굳어졌다. 구부정한 자세로 늘 만나는 사람들에게 의심스러운 눈길을 쏘아댔다. 그러면서도 임대해서 살던 오두막을 매입하기로 결정했다. 그곳에서는 좋은 일을 할 수 있으리라는 확신이 있었기 때문이다.

우선 양초 문제부터 해결하기로 했다. 프라임 양은 하인도 두지 않고 살면서 돈을 모았다. 런던에 있는 성구점에서 크고 두꺼운 제례용 초를 사기 위해서였다. 그리고 제대에 초를 올려놓을 수 있는 권한을 얻기 위해 교회 바닥을 솔질해서 닦고, 제대에 덮을 제대보를 만들었다. 그리고 세례반을 수리할 돈을 마련하기 위해 셰익스피어 원작 〈십이야〉의 한 장면에 출연하기도 했다. 그런 다음 양초를 들고 늙은 펨버 신부를 찾아갔다. 펨버 신부는 니코틴 때문에 황달에 걸린 사람처럼 노랗게 변한 손가락 사이에 담배 한 대를 새로 끼우고 불을 붙였다. 그는 뒤엉킨 가시나무

가지처럼 거칠고, 붉고, 텁수룩한 모습으로 자기
는 초가 필요하지 않다고 중얼거렸다. 자신은 가
톨릭 방식을 따르고 싶지 않으며 따라본 적도 없
다는 것이었다. 그러고는 농장 문으로 휘적휘적
걸어가더니 담배를 피우며 크로퍼 씨네 돼지 이
야기를 했다. 프라임 양은 기다렸다. 교회 지붕
널을 새로 덮을 기금을 마련하기 위해 바자회를
열었다. 주교도 참석했다. 프라임 양은 다시 한
번 신부에게 초에 대해 물었다. '들리는 바에 의
하면' 주교님도 자기 생각을 지지하고 있다는 말
도 했다. '들리는 바에 의하면'이라고 한 것은 프
라임 양이 신부에게 맞선 사건에 대해 마을 사람
들이 두 편으로 갈리어 각기 다른 이야기를 하고
있기 때문이었다. 일부는 프라임 양을 두둔했고,
일부는 신부의 편을 들었다. 양초와 교회의 엄격
함을 옹호하는 사람들과 늙은 신부와 편안함을
옹호하는 사람들로 나뉜 것이다. 펨버 신부는 몹

시 짜증스럽게 이 교구의 신부는 자기이며, 자기는 초를 원하지 않는다고 말했다. 그것으로 끝이었다. 프라임 양은 오두막으로 돌아와 양초를 조심스럽게 싸서 긴 서랍에 넣었다. 그리고 다시는 신부에게 가지 않았다.

그러나 신부는 나이가 아주 많았으므로 기다리기만 하면 되었다. 그러는 동안 프라임 양은 세상을 나아지게 하는 일을 계속했다. 윔블던에서는 시간이 너무 느리게 흘렀는데 러섬에서는 달음질을 치듯 빨리 흘렀다. 아침 설거지를 끝내고 나면 서류들을 작성했다. 그런 다음 보고서를 쓰고 정원의 게시판에 게시문을 붙였다. 주민들의 오두막을 방문하기도 했다. 늙은 맬서스 씨가 세상을 떠날 때는 몇 날 며칠 그의 곁을 지키며 친지들의 수고를 덜어주었다. 점차 새롭고 기분 좋은 느낌이 그녀의 혈관을 타고 온몸에 퍼지기 시작했다. 그 느낌은 결혼한 부부의 사랑보다 좋았으며 자녀가 주는 기쁨보다도 좋았다. 그것은 바로 세상을 개선할 수 있다는 힘이었으며, 노약자와 무지한 사람, 주정뱅이에게 행사하는 영향력이었다. 언제부턴가 그녀가 바구니를 들고 마을의 거리를 걸어가거나 빗자루를 들고 교회로 향할 때면 또 한 사람의 프라임 양이 함께 다녔다. 그녀는 원래의 프라임 양보다 키도 크고 더 예쁘고 더 환히 빛났고 더 눈에 띄었다. 그녀의 모습은 마치 플로렌스 나이팅게일 같았다. 그 후로 5년이 지나지 않아 이 두 여자는 한 사람이 되었다.

홀본 고가교

Holborn Viaduct

여기에 홀본 고가교가 있다……. 옅은 색의 잔디가 깔렸다. 해그림자로 얼룩진 영양들이 물러간다. 별모양을 한 자줏빛 꽃이 흐드러지고 넝쿨은 담장을 오른다. 모두가 고개를 끄덕이며 반가이 손짓을 한다. 그런데 왜, 가여운 아이야, 너는 팔을 굽히고 바람을 맞으며 거리를 달리는 거니?

여전히, 그래도 여전히 철제 난간 사이로 매서운 바람을 피할 붉고 아늑한 동굴이 보인다. 구두닦이 소년은 콘서티나(아코디언처럼 생긴 육각형의 손풍금—옮긴이)로 멜로디를 자아내고, 노란 빵과 하얀 앞치마, 잼 단지가 있는 주방의 식탁은 세상의 중심에 뿌리를 내리고 있다. 그런데 왜 보도에 피 묻은 종이가 날아다니는 거지?

한 번에 세 계단씩 올라가 융성한 응접실에 들어서면…… 물론, 물론, 난롯불이 테리어의 뒷다리에 따스한 그림자를 일렁이고, 초록 용무늬가 그려진 뺨이 볼록한 찻주전자가 맞이한다. 그런데 설마 죽으려는 건 아니지?

불가사의한 V 양 사건

The Mysterious Case of Miss V.

군중 속에서 혼자라고 느낄 때보다 더 외로운 순간이 없다는 것은 누구나 공감하는 말일 것이다. 소설가들도 거듭 말했고, 그 말이 주는 서글픔은 부정할 수가 없다. 그리고 V 양의 일을 겪고 난 지금 나는 그 말을 믿게 되었다. V 양이라는 이름 하나로 그녀와 그녀의 동생, 두 사람을 동시에 지칭하는 효과를 발휘하는 것이 그들 자매의 특징적인 상황인 만큼 그들 자매의 이야기를 하는 것은 그들과 같은 처지에 있는 수많은 자매의 이야기를 한 번에 포괄하는 것이 될 수도 있다. 동시에 이는 런던이 아니고는 찾아보기 힘든 이야기이기도 하다. 시골 동네에도 정육점 주인이나 우편배달부, 목사의 부인 같은 사람들이 있지만, 고도로 문명화된 도시에서는 인간 생명에 대한 예우가 최소한도로 줄어든다. 정육점 주인은 고기를 배달하러 와서 현관 앞에 던져 놓고 가고, 우편배달부는 우체통에 우편물을 집어넣으면 그뿐이며, 목사의 부인도 편리를 위해 교회의 소식지나 공문서를 우체통에 같은 방법으로 꽂아두고 가기도 한다. 그러면서 모두 시간이 없다고 말한다. 그러다 보니 고기가 그대로 남아 있어도, 소식지를 읽는 흔적이 없어도, 목사의 지시 사항이 지켜지지 않아도, 그것을 알아차리는 사람이 없다. 그러다가 적당한 때가 되면 16호나 23호에는 더 이상 배달해 줄 필요가 없다고 결론을 내리는 것이다. 그래서 배달을 하면서도 이들 집은 건너뛰기 시작하고, 가엾은 J 양이나 V 양은 삶이라는 촘촘한 사슬에서 떨어져 나가 영영 모두의 의식 속에서 사라지는 것이다.

누구나 쉽게 그러한 처지에 놓이게 될 수 있다는 사실은, 당신이 유령 같은 존재가 되지 않으려면 자기 존재를 주장할 필요가 있음을 시사한다. 정육점 주인이, 우편배달부가, 경찰이 당신의 존재를 무시하기로 마음먹는다면 당신이 어떻게 삶의 사슬 속으로 다시 들어올 수 있겠는가? 그건 정말 끔찍한 일이다. 지금 당장 의자라도 쓰러뜨려야 할 것 같은 생각이 들 정도다. 그러면 적어도 아래층에 사는 사람이 내가 살아 있음을 알게 될 테니까.

V 양의 불가사의한 이야기로 돌아가서, V라는 이니셜에는 자넷 V 양도 포함되어 있지만 이들 둘을 굳이 나눌 필요는 없다.

그들은 15년 정도 런던 거리를 조용히 오가며 살았다. 당신도 그들을 누군가의 응접실에서, 미술관에서 본 적이 있을 것이다. 당신이 마치 그녀와 매일 마주친 듯이 "안녕하세요, V 양"이라고 인사를 건네면, 그녀도 "날씨가 참 좋지요?" 라거나 "오늘은 날이 궂네요."라고 대답했을 것이다. 그리고 당신이 걸음을 옮기면, 그녀는 마치 안락의자나 서랍장 속으로 스며든 듯 모습을 감출 것이다. 그리고 당신은 더 이상 그녀에 대해 생각하지 않게 된다. 일 년쯤 지난 후 그녀가 다시 가구로부터 분리되어 당신 앞에 모습을 드러내고 똑같은 대화가 다시 오가게 될 때까지는.

혈연인지, 아니면 V 양의 혈관에 흐르는 그 무엇인지가 운명적으로 그렇게 만들었는지 알 수는 없지만, 나는 다른 사람들보다 특히 더 자주 그녀와 우연히 마주치거나, 지나치거나, 그녀가 스며드는 순간에 거기 있게 되었고, 나중에는 이런 일들이 거의 습관적으로 느껴질 정도가 되었다. 파티나 음악회, 미술관 같은 곳엘 가더라도 눈에 익은 그녀의 회색 그림자가 보여야 비로소 그 자리가 완전해진 것 같았다. 그러다가 얼마

전부터 그녀와 우연히 마주치는 일이 없어지면서 나는 뭔가 빠진 듯 허전한 느낌을 갖게 되었다. 나의 그러한 느낌이 그녀가 보이지 않아서라는 사실을 내가 알아차렸다고 한다면 그건 과장일 것이다. 그렇지만 그보다 조금 더 완곡한 표현은 무리가 없을 것 같다.

그러다 보니 사람이 많은 곳에 가게 되면 뭔가 부족한 듯한 알 수 없는 느낌 때문에 나도 모르게 방 안을 둘러보게 되었다. 있어야 할 사람들이 다 있는데도 말이다. 가구 때문인가, 아니면 커튼 때문에? 아니, 벽에 걸려 있던 그림을 치워서 그런가?

그러다가 어느 날 새벽, 날이 밝을 즈음에 나는 큰 소리를 지르며 잠에서 깼다. 메리 V, 메리 V! 처음이었다. 누구도 그녀의 이름을 그렇게 정확하게 불러본 적은 없을 것이다. 그녀의 이름은 마치 문장을 완성하기 위해 있는 듯 별 의미 없는 수식어 같은 것이었기 때문이다. 그러나 나의 그러한 외침은, 물론 별 기대를 한 것은 아니지만, 어스름한 방 안에 V 양은커녕 그녀와 비슷한 사람도 불러내지 못했다. 하지만 그날은 하루 종일 나의 외침이 머릿속에 맴돌았으며, 어느 거리 모퉁이에서든 예전처럼 그녀와 마주치고 그녀가 사라지는 모습을 보아야만 마음이 편안해질 것 같은 느낌까지 들게 되었다. 하지만 그녀의 모습은 보이지 않았고, 나는 마음이 불편했다. 급기야는 한밤중에 뜬 눈으로 누워 있다가 한 가지 엉뚱한 계획을 떠올리게 되었다. 처음에는 그저 공상에 지나지 않았던 것이 점점 진지해져서, 내가 직접 메리 V의 집에 찾아가 보겠다는 마음까지 먹게 되었던 것이다.

아, 지금 생각해 봐도 정말 기상천외하고도 흥미로운 생각 아닌가! 그림자를 찾아 나서겠다니 말이다. 그녀가 어디에 살고 있었는지, 살아 있는지도 모르면서. 그녀가 우리와 같은 사람인 것처럼 그녀와 대화를 나누려 하다니 말이다!

해가 어스름히 넘어가는 시간에 큐 가든(런던에 위치한 세계 최대 규모의 왕립식물원—옮긴이)에 가서 블루벨 꽃의 그림자를 보겠다며 승합차를 타고 외출하는 걸 상상해 보라! 아니면 한밤중에 서리의 초원에서 민들레 홀씨를 잡겠다든가. 하지만 실제로는 내가 앞서 말한 것들보다 훨씬 더 기상천외한 생각이었다. 그런 일을 하기 위해 진지하게 외출 준비를 하고 있다는 생각을 하니, 출발하기 위해 옷을 입으면서도 나는 웃음을 멈출 수가 없었다. 메리 V를 만나러 가기 위해 부츠를 신고 모자를 쓰다니! 믿을 수 없을 정도로 부조리한 상황이라는 생각이 들었다.

드디어 그녀가 사는 아파트에 다다랐다. 우리가 사는 집들처럼 그 아파트의 안내판에도 그녀가 집에 있는지 외출했는지를 정확하게 알아볼 수 있게 표시되어 있지는 않았다. 나는 건물 제일 꼭대기 층에 있는 그녀의 아파트로 올라가 문에 노크를 하고 벨을 눌렀다. 기다리는 동안 문 주변을 살펴보았다. 아무도 나오지 않았다. 그림자도 죽을 수 있을까? 만약 죽는다면 장례는 어떻게 치러주지? 등의 생각을 하고 있는데 하녀가 문을 열었다. 그녀의 말에 따르면 메리 V는 지난 두 달 동안 아팠으며 전날 저녁에 죽었다고 했다. 내가 그녀의 이름을 부르며 잠에서 깨던 바로 그 시각이었다고 한다. 그러니 이제 나는 그녀의 그림자를 영영 만나지 못하게 된 것이다.

존재의 순간들
'슬레이터네 핀은 끝이 무뎌'

Moments of Being:
'Slater's Pins Have No Points'

"슬레이터네 핀은 끝이 무뎌. 그렇지 않니?"
크레이 선생님이 돌아보며 말했다. 패니 윌모트
의 드레스에 꽂혀 있던 장미꽃 핀이 툭 떨어졌을
때였다. 패니는 몸을 굽히고 떨어진 핀을 찾으려
바닥을 두리번거렸다. 아직도 귓속 가득 음악을
담은 채로.

크레이 선생님이 바흐 푸가의 마지막 화음을
누르며 한 이 말은 패니에게 꽤나 충격적이었다.
선생님이 슬레이터네 가게에 가서 핀을 샀단 말
이야? 패니 윌모트는 놀라움에 겨워 잠시 생각
에 잠겼다. 여느 여자들처럼 계산대 앞에 서서
거스름 동전을 싼 영수증을 받아 지갑에 넣었다

고? 그리고 한 시간쯤 후에 화장대 앞에 서서 핀을 꺼내 보고?

크레이 선생님 같은 분도 핀이 필요할까? 딱정벌레 껍데기처럼 딱 맞는 옷을, 그것도 겨울에는 파란색, 여름에는 초록색, 단 두 벌로 지내는 분이 말이야. 핀이 무슨 소용이겠어? 바흐 푸가처럼 정갈한 유리 같은 세계에 살면서 마음껏 피아노를 치고, 아처 스트리트 음대생 중에서도 모든 면에서 자기를 선망하는 학생으로 한두 명만 선택해서(킹스턴 교장이 그렇게 말했어), 마치 자신에게 특별한 선물을 하듯이 받아들여 지도하는 줄리아 크레이 교수가?

킹스턴 교장의 말에 따르면 크레이 선생님의 오빠가 돌아가셨을 때 선생님은 집안 사정이 좋지 않았다. 그렇지만 솔즈베리에 있는 저택에 사실 때는 온갖 좋은 것들을 갖추고 있었으며, 선생님의 오빠인 줄리어스도 유명한 고고학자였다고 했다. 그래서 어린 시절 선생님 댁을 방문하는 것은 정말 굉장한 특권 같았다고. "우리는 미스 크레이의 가족과 오래 전부터 알고 지냈지. 전형적인 캔터베리 토박이들이었어."라고 했었다. 그러면서도 당시 어린 소녀였던 킹스턴 교장은 크레이 선생님 댁에 가는 일이 조금 두렵기도 했다고 한다. 문을 쾅 닫거나 갑자기 방 안으로 뛰어들지 않도록 조심해야 했기 때문이라고. 개학 첫날 킹스턴 교장은 내가 내놓은 수표를 받고 영수증을 써 주면서 여기까지 얘기하고는 미소를 지었다. 교장은 어린 시절 상당한 말괄량이였던가 보다. 그녀가 갑자기 거실로 뛰어들 때면 초록빛이 도는 로마의 유리잔과 온갖 골동품이 장식장 안에서 달그락거렸다고 했다. 크레이 선생님의 가족은 아이들에게 친숙하지 않았다. 아무도 결혼한 사람이 없었으니 그랬을 만도 하다. 그 대신 고양이를 키웠다는데, 왠지 그 고양이들은 로마 시대의 골동품을 사람보다도 훨씬 더 깊이 있게 음미할 것 같은 느낌을 주었다고 했다.

"적어도 나보다는 제대로 감상할 줄 알았을 거야!"

언제나 현실적인 킹스턴 교장은 큼직하고 통통한 손을 직인이 찍힌 자리 위로 거침없이 휙휙 움직여 수표에 서명을 하면서 밝은 어조로 말했다. 그녀의 현실적인 건실함은 그녀가 살아온 방편이기도 했다.

패니 윌모트는 여전히 핀을 찾아 두리번거리며 생각했다. 크레이 선생님이 "슬레이터네 핀은 끝이 무뎌."라고 한 것은 그저 짐작해서 한 말일지도 모른다. 선생님 가족 중엔 결혼한 사람이 없다. 그러니 선생님은 핀에 대해 아무것도 모를 것이다. 아무것도. 그렇지만 선생님의 가문에 내려진 마법을 풀고 싶어서 입 밖으로 그 말을 내본 거겠지. 선생님 식구들을 세상 사람들과 갈라

놓는 유리벽을 깨고 싶어서 말이다. 말괄량이 어린 소녀 폴리 킹스턴이 문을 세게 닫는 바람에 로마시대의 골동품이 달그락거릴 때, 일단 아무 사고도 일어나지 않은 것을 확인한 줄리어스는 진열장 옆에 난 창문을 통해 폴리가 들판을 가로질러 집으로 달려가는 모습을 보았을 것이다. 그의 여동생이 종종 그랬던 것처럼 아쉬움에 겨운 갈망 어린 눈빛으로.

"별과 해와 달." 그 눈빛은 이렇게 말하고 있었다. "풀밭에 핀 데이지, 모닥불, 창틀에 내려앉은 서리. 내 마음은 너희를 향해 달려가네. 하지만," 그러곤 언제나 이어지는 말, "너희는 어느새 흩어져 달아나다가, 사라져 버리는구나." 그 강렬한 두 마음을 함께 덮어 버리는 슬프고도 절망적인 외침. "나는 너에게 닿을 수 없어. 너에게 갈 수가 없어." 그렇게 별은 희미해지고 어린 소녀는 가버렸다. 크레이 선생님은 애제사인 패니에게, 물론 그것은 패니 윌모트 자신도 알고 있는 사실이지만, 포상으로 아름다운 바흐의 곡을 들려주면서 자기도 다른 사람들처럼 핀에 대해 알고 있다는 것을 보여 주고 싶었던 것이다. 그렇게 함으로써 주술처럼 그녀의 가족을 에워싸고 있는 유리벽을 깨뜨리고 싶었을 것이다. 슬레이터네 가게 핀은 끝이 무뎌.

'유명한 고고학자' 줄리어스도 그런 분위기를 풍겼던가 보다. 킹스턴 교장이 날짜를 확인하고 수표에 이서를 하면서 그의 이름을 언급할 때 밝고 거침없는 그녀의 음성에 뭔지 모를 묘한 느낌이 섞여 있었는데, 마치 그 '유명한 고고학자'에게 콕 집어 낼 수는 없지만 뭔가 특이한 구석이 있었음을 암시하는 것 같았다. 그것은 어쩌면 크레이 선생님에게서 엿보이는 묘한 분위기와 유사한 것이었는지도 모른다. 패니 윌모트는 핀을 찾으며 생각했다. 성직자 아버지 밑에서 자란 킹스턴 교장은 파티나 모임에서 사람들이 주고받는 이야기를 주워듣기도 하고, 그의 이름을 입에 올릴 때 사람들의 입가에 떠오르는 미소나 어조 같은 걸 보면서 줄리어스 크레이에 대해 그녀 나름의 '감'을 잡게 되었던 게 분명하다. 한번도 그런 말을 입 밖에 내 본 적 없으며 그녀 자신도 정확하게 뭐라고 짚어낼 수는 없었지만, 누군가에게 줄리어스에 대해 말하거나 그의 이름이 언급되는 것을 들을 때마다 머릿속에 가장 먼저 떠오르는 생각은 그에게 분명 묘한 구석이 있다는 것이었으며, 그 생각은 상당히 유혹적이었던 것 같다.

피아노 의자에 반쯤 돌아앉아 미소를 짓고 있는 크레이 선생님도 그렇게 보이기는 마찬가지였다. '들판에도, 유리창에도, 하늘에도, 온통 아름다움이 펼쳐져 있네. 하지만 나는 그것에 닿을 수 없어. 그것을 가질 수 없어. 나는……' 크레이

선생님은 손을 작게 말아쥐고 이렇게 덧붙이는
것 같았다. 그 아름다움을 너무 사랑하여 그것을
얻기 위해서라면 세상을 다 내 줄 것 같은 표정
으로! 패니가 여전히 바닥을 두리번거리며 핀을
찾는 동안 크레이 선생님은 바닥에 떨어진 카네
이션을 집어 들었다. 그러고는 정맥이 비치는 보
드라운 손으로 카네이션을 으스러지게 뭉개는
것이었다. 진주로 장식된 물색 반지들을 낀 손으
로 꽃을 짓이기는 모습이 패니는 관능적으로 느
껴졌다. 손가락의 힘이 꽃 속에 숨겨진 아름다움
을 한껏 터져 나오게 하는 것 같았다. 더 화려하
고, 더 신선하고, 더 순수하게. 크레이 선생님에
게서 엿보이는 특이한 점, 어쩌면 그녀의 오빠도
똑같이 가지고 있었을 그것은 바로 이렇게 꽃을
뭉개고 으깨는 손가락의 움직임에 영원한 절망
감이 배어 있다는 것이었다. 카네이션을 손에 쥐
고 있는 지금도 그랬다. 손에 들고 누를 뿐, 꽃을

소유하거나 감상하지 않았다. 전혀. 조금도.

패니는 크레이 선생님의 형제들이 아무도 결혼한 사람이 없다는 사실을 다시 한 번 떠올렸다. 한번은 레슨이 다른 날보다 길어져 날이 어두워져서야 끝난 적이 있었다. 패니가 망토 끈을 묶고 있을 때 크레이 선생님이 말했다. "남자들이 필요한 이유는 우리를 보호하기 위해서인데 말이야." 그러면서 패니에게 지금처럼 묘한 미소를 지어 보였다. 그 미소 때문에 패니는 그 꽃처럼, 젊음과 재능이 빛나는 그녀의 손가락 끝을 의식하게 되었으며, 동시에 그 꽃처럼, 제압되는 듯한 기분이 들었다.

"그렇지만 저는 보호가 필요하지 않아요." 패니는 이렇게 말하며 웃었고, 크레이 선생님은 특유의 표정으로 패니를 바라보며 그 점에 대해서는 확신할 수 없다고 말했다. 그 순간 패니는 선생님에게서 찬탄하는 눈빛을 느끼며 얼굴을 붉혔다.

남자가 필요한 이유가 그것뿐이라니. 그래서 선생님은 결혼하지 않은 걸까? 패니는 바닥을 두리번거리며 생각했다. 결국 선생님은 솔즈베리에 정착하지는 않았으니까. "런던에서 제일 살기 좋은 곳은 켄싱턴이야. 물론 15년이나 20년쯤 전 얘기긴 하지만." 언젠가 선생님이 이렇게 말한 적이 있다. "어디서든 10분이면 공원 안쪽까지 걸어갈 수 있거든. 그러면 마치 한적한 전원에 가 있는 것 같아. 슬리퍼를 신고 나가 저녁을 먹고 와도 감기 걸릴 걱정도 없고 말이야. 그때 켄싱턴은 진짜 마을다웠다니까."

그러고는 화제를 바꾸어 지하철 안의 냉기에 대해서 맹렬히 불평했었다.

"남자가 필요한 이유는 그것뿐이야." 이렇게 말하는 크레이 선생님의 어조에는 묘하게 냉소적인 신랄함이 담겨 있었다. 선생님이 결혼하지 않은 이유가 그러한 태도와 관계가 있는 걸까?

그녀의 젊은 시절은 상상이 가고도 남았다. 선량한 푸른 눈과 반듯한 콧날, 냉철한 지성에 피아노 실력까지 갖추고, 장미꽃 무늬의 모슬린 드레스로 감싸인 가슴에는 순결한 열정을 간직한 크레이 선생님은 먼저 크레이 가문이 소유한 도자기 찻잔과 은촛대, 자개로 장식된 테이블 등 온갖 좋은 것을 선망하는 젊은이들을 매혹했을 것이다. 그다지 뛰어난 실력을 갖추지는 못한, 그러나 야망을 가진 대성당 마을의 젊은이들 말이다. 그 다음에는 옥스퍼드나 케임브리지에 다니는 그녀 오빠의 친구들을 매혹했겠지. 그들은 여름 방학에 와서는 강에서 그녀를 배에 태우고 노를 저어 주었을 것이며, 학교로 돌아가서는 편지를 주고받으며 브라우닝의 시를 논했을 것이다. 그리고 혹시라도 그녀가 런던에 머물 일이 생겨 가게 되면 켄싱턴 가든을 구경시켜 주기로 약속하지 않았을까?

"런던에서 제일 좋은 곳은 켄싱턴이야. 15년이나 20년쯤 전의 얘기긴 하지만." 선생님은 이렇게 말했었다. 어디서든 10분이면 정원 안으로 들어갈 수 있다고. 그러면 한적한 전원에 있는 것 같았다고. 패니 윌모트는 크레이 선생님이 그런 켄싱턴 가든을 얼마든지 자신에게 유용한 장소로 활용할 수 있었을 것이라는 생각이 들었다. 예를 들어 선생님의 옛 친구이자 화가인 미스터 셔먼 같은 남자라면 말이다. 선생님은 그가 미리 약속을 하고 선생님을 방문하게 만들었을 것이다. 그러고는 화창한 6월의 어느 날, 선생님을 나무 그늘로 초대해 함께 차를 마시게 했겠지. (물론 정원에서 열리는 파티에서도 슬리퍼를 신은 채 만나 감기 걸릴 걱정 없이 시간을 보냈을 것이다.) 두 사람이 서펜타인 호수를 바라보는 동안 고모나 아니면 다른 나이 많은 친척 어른이 곁에서 두 사람을 기다렸을 것이다. 두 사람은 서펜타인 호수를 바라보았겠지. 미스터 셔먼은 선생님을 보트에 태우고 노를 저어 호수를 건넜을지도 모른다. 에이번 강과 호수를 비교하면서. 크레이 선생님은 그 비교에 상당히 열을 올렸을 것이다. 강의 전경은 선생님에게 매우 중요하니까. 노를 젓기 위해 몸을 약간 굽히고 살짝 옆으로 돌아앉은 선생님의 모습은 아름답고 품위 있었을 것이다. 미스터 셔먼은 그 순간을 놓치지 말고 하고 싶은 말을 해야겠다고 마음먹었을 것이다. 그녀와 단둘이 있을 기회가 다시 없을 수도 있으니까. 미스터 셔먼은 떨리는 마음으로 엉거주춤 돌아앉아 고개를 돌리고 어깨너머로 하고 싶은 말을 꺼낸다. 그런데 바로 그 순간, 선생님이 소스라치며 소리친다. 미스터 셔먼이 교각을 향해 노를 젓고 있었던 것이다. 두 사람 모두 놀라고 당황한 순간이었을 것이다. 환상이 깨어지고 정신이 번쩍 들었겠지. 나는 안 돼. 가질 수 없어. 그녀는 생각했겠지. 미스터 셔먼은 그 순간 크레이 선생님이 왜 자기를 따라왔는지 이해할 수 없었을 것이다. 미스터 셔먼이 물을 첨벙거리며 노를 저어 보트를 돌린다. 단지 그를 모욕하기 위해 왔던 건가? 선착장으로 노를 저어 간 미스터 셔먼은 바로 그녀에게 작별을 고했을 것이다.

이 장면의 설정은 원하는 대로 바꿀 수 있다고 패니는 생각했다. (그런데 핀은 도대체 어디 떨어진 거지?) 장소는 라벤나일 수도 있고, 선생님이 오빠를 위해 살림을 봐주던 에든버러일 수도 있다. 풍경도 달라질 수 있다. 젊은 남자와 그가 숙녀를 대하는 예법 등에도 변화를 줄 수 있겠다. 다만 변하지 않는 것은 그녀가 거절한다는 사실. 인상을 찌푸리고, 나중에는 스스로에게 화를 내고, 변명을 덧붙이고, 그리고 나서야 비로소 마음을 놓는다는 사실. 그렇다, 그녀는 깊은 안도감을 느낀다. 그러고 바로 다음 날, 그녀는 여섯 시에 일어나 망토를 걸치고 켄싱턴에서 강까지 걸어갔을 것이다. 그녀는 자연이 그 절정의 순간을 맞을 때, 사람들이 일어나기 전에 그 장면을 보러 갈 수 있는 권리를 희생하지 않았다는 사실에 감사할 것이다. 그것은 또한, 그녀가 원한다면, 침대에서 아침 식사를 할 수도 있다는 뜻이기도 했다. 말하자면 자신의 독립성을 희생하지 않은 것이다.

그렇다, 패니 윌모트는 미소를 지었다. 크레이 선생님은 자신의 일상을 저버려야 하는 위험에 빠지지 않은 것이다. 그녀는 안전했다. 만약 그녀가 결혼했다면, 그러한 일상의 습관들을 지키기가 어려웠을 것이다. "그들은 괴물이야." 어느 날 저녁 크레이 선생님이 웃음을 섞어가며 말했었다. 갓 결혼한 여학생이 남편이 보고 싶을 것 같다며 서둘러 나가고 나서였다.

"그들은 괴물이야." 선생님은 음울한 웃음을 지으며 말했다. 괴물이라면 침대에서 아침 식사를 하는 데는 방해가 될 것이다. 동이 틀 때 강까지 산책을 하고 싶을 때에도. 만약 아이가 있다면 어땠을까? 물론 그런 일은 생각조차 하기 힘든 일이긴 하지만 말이다. 그랬다면 크레이 선생님은 기온이 너무 차거나 아이가 피곤해거나, 지나치게 기름진 음식을 먹거나, 불량한 음식을 먹거나, 외풍이 심하지는 않은지, 방이 너무 더운 건 아닌지 끊임없이 신경 썼을 것이며, 기차를 타고 다닐 때도 주의를 기울였을 것이다. 그 많은 걱정거리들 중에 무엇이 끔찍한 두통을 일으키고, 전쟁통을 방불케 하는 하루하루를 살게 하는지 가려내지 못하면서 말이다. 그녀는 언제나 자신의 기지로 적을 이겨먹는 일에 열중하며 사는 것 같았을 것이다. 그러다 보면 그녀가 그 일을 즐기고 있는 것처럼 보이기도 했겠지. 그러다 마침내 적을 이기고 나면 삶이 재미없어졌을지도 모른다. 하지만 그러한 줄다리기는 끝이 없다. 한 쪽에는 언제나 그녀가 열정적으로 사랑하는 나이팅게일이나 자연의 경치가 있었을 테니까. 그렇다, 그녀는 자연과 새에 관해 무엇과도 견줄 수 없는 열정을 가지고 있었다. 그리고 반대편에는 다음 날을 기대할 수 없게 만드는 두통을 안고 살아야 하는 진창길 또는 가파른 언덕이 있다. 이따금, 크로커스가 한창 예쁠 때 (그녀는 윤기 흐르는 밝은색의 그 꽃을 제일 좋아했다), 용케도 기운을 아껴두었다가 햄튼 코트에 갈 수 있던 날은 마치 승리를 거두기라도 한 것 같았겠지. 오랫동안 길이 기억될 만한 일이었을 테니까. 그녀가 기억하고 싶은 날들을 꿰어놓는 목걸이에 그날 오후도 끼워 넣었겠지. 목걸이는 그다지 길지 않아서, 그녀는 이런 날, 저런 날, 이런 경치, 저런 도시의 기억을 더듬고 느낄 수 있었을 것이며, 각기 고유한 기억을 간직한 냄새를 맡으며 한숨지었을 것이다.

"지난 금요일엔 날이 정말 좋았어." 줄리아 선생님이 말했다. "그래서 거기 가야겠다고 마음먹은 거야." 그녀는 햄튼 코트를 방문하기 위해 혼자 워털루에 갔었다고 했다. 사람들은 당연히, 그러나 사실은 어리석게도, 그녀가 원하지 않은 동정심을 그녀에게 보냈다. (사실 그녀는 워낙에 말이 없는 편이어서 자신의 건강에 대해 얘기할 때도 마치 전쟁 중인 군인이 적에 대해 말하는 것처럼 했다.) 사람들은 그녀가 언제나 혼자 모든 것을 하는 것에 대해 딱하게 생각했다. 오빠는 죽었고, 언니는 천식으로 고생하고 있었으니까. 그녀의 언니는 에든버러의 날씨가 자기에게 잘 맞는다고 했지만, 크레이 선생님에게는 그곳 날씨가 너무 추웠다. 어쩌면 크레이 선생님은 고고학자인 오빠가 그곳에서 죽었다는 것 때문에 그곳에 머무는 것이 고통스러웠는지도 모른다. 크레이 선생님은 오빠를 사랑했으니까. 크레이 선생님은 브롬프톤 로드 근처에 있는 작은 집에서 혼자 살았다.

드디어 핀이 보였다. 패니 윌모트는 그것을 집어 들고 크레이 선생님을 쳐다보았다. 선생님이 정말 그렇게 외로웠을까? 아니다. 선생님은 안정적이고 축복 받은 삶을 사는 행복한 여자다. 적어도 이 순간만큼은. 패니는 그 기쁨의 순간에 그녀를 놀라게 한 거였다. 그녀는 카네이션을 똑바로 세워 든 채 깍지 낀 두 손을 무릎에 올리고 피아노 앞에 반쯤 돌아앉아 있었다. 그녀 뒤로는 커튼이 젖혀진 창문을 통해 보랏빛 저녁 하늘이 보였다. 음악실에 있는 갓 없는 전등에 불을 밝히니 창문 밖에 펼쳐진 보랏빛이 한층 더 짙어졌다. 꽃을 쥔 채 몸을 소_l랗게 말아 앉은 줄리아 크레이는 마치 망토를 뒤로 펄럭이듯 런던의 밤을 벗어던진 사람처럼 보였다. 그런 채 홀연히 앉아 있는 그녀의 둘레에는 영혼에서 흘러나온 강렬한 기운, 그녀가 만들어 자신을 둘러싸게 한 기운이 감돌고 있었다. 패니는 그 모습을 가만히 바라보았다.

순간 모든 것이 패니의 시야에 투명하게 들어왔다. 마치 크레이 선생님을 꿰뚫어보고 있는 것 같았다. 그녀라는 존재의 샘에서 은빛 물방울이 솟아오르는 것 같았다. 그녀의 과거를 거슬러 올라가 보았다. 진열장 안에 있는 로마시대의 초록 화병도 보였다. 크리켓 게임을 하는 성가대원들의 소리가 들리고, 크레이 선생님이 잔디밭으로 이어진 곡선형 계단을 가만히 내려가는 모습도 보였다. 향나무 아래서 차를 따르던 선생님이 노인의 손을 자신의 두 손으로 가만히 감쌌다. 잠시 후 수건을 한 아름 안고 낡은 성당 관사의 복도를 지나가는 모습, 소소한 일상을 탄식하며 서서히 늙어가는 모습이 이어졌다. 여름이 오자 그녀는 옷들을 정리해 치운다. 나이든 그녀가 입기에는 색이 너무 요란한 것들이다. 그녀는 병든 아버지를 돌보며 꿋꿋하게 고독한 삶의 종착역을 향해 나아간다. 그녀의 삶은 검소하다. 지갑을 단단히 잠그고 자신의 여정을 위해서 필요한 비용들을 낡은 거울 하나 사는 돈까지 알뜰하게 계산해 가며 쓴다. 사람들이 뭐라든 자기가 즐거워하는 일을 선택하는 데 흔들림이 없다. 패니는 줄리아를 보았다.

불길이 일렁이는 모습이었다. 캄캄한 밤중에 줄리아는 죽은 백색의 별처럼 타오르고 있었다. 그녀가 두 팔을 벌렸다. 패니의 입술에 키스를 했다. 줄리아는 그녀를 가졌다.

"슬레이터네 핀은 끝이 무뎌."

크레이 선생님이 묘하게 웃으며 이렇게 말하

115

고는 두 팔을 풀었다. 핀을 가슴에 꽂는 패니의
손끝이 떨렸다.

탐조등

The Searchlight

18세기 백작의 저택은 20세기에 이르러 클럽으로 변해 있었다. 기둥이 늘어선 웅장한 연회실의 샹들리에 불빛 아래서 식사를 하고 발코니로 나가니 상쾌하고 기분이 좋았다. 내려다보이는 공원의 나무는 잎이 무성했고, 달이 떴더라면 밤나무에 달린 핑크색과 크림색의 꽃봉오리를 볼 수 있었을 것이다. 하지만 달이 없는 밤이었고, 화창한 여름밤은 몹시 더웠다.

아이비메이 부부 일행은 발코니에서 커피를 마시며 담배를 태우고 있었다. 애써 대화를 이어가야 하는 노고로부터 일행을 구제해 주기라도 하듯 여러 살래의 빛줄기들이 하늘을 가로지르며 돌아가고 있어서, 그들은 별생각 없이 구경하며 모여 있을 수 있었다. 잠시 평화가 유지되는 시기였고 공군기가 하늘에서 적기 탐색 훈련을 하고 있었다. 의심스러운 지점을 집중 탐색하기 위해 잠시 멈추었던 빛줄기가 풍차의 날개처럼 혹은 거대한 곤충의 더듬이처럼 다시 돌기 시작하면서 창백한 돌 벽을 드러냈다가, 꽃이 만발한 밤나무를 드러냈다가 하고 있었다. 그러다 불빛이 갑자기 발코니에 내리꽂혔고, 그 순간 작은 원반 같은 빛이 반짝였다. 어느 여자 손님의 핸드백에 들어 있는 거울이었던가 보다.

"저기 보세요!"

아이비메이 부인이 소리쳤다.

불빛이 지나갔다. 일행은 다시 어둠에 싸였다.

"저 불빛이 제게 무엇을 보여주었는지 여러분은 짐작도 못 하실 거예요!"

그녀가 말했다. 일행은 당연히 자기가 생각하

는 것을 말해 보았다.

"아니요, 아니에요. 아니요."

그녀가 일행의 시도를 저지했다. 아무도 맞추지 못할 것이므로. 그것은 그녀만 알고 있으며, 그럴 수밖에 없는 것이었다. 왜냐하면 그녀는 그 남자의 증손녀였으니까. 그가 증손녀인 그녀에게 직접 들려준 이야기니까. 무슨 얘긴데요? 일행이 듣고 싶어 한다면 그녀는 얘기해 줄 마음이 있었다. 연극이 시작되려면 아직 시간이 좀 남아 있었으니까.

"그렇지만 어디서부터 시작하지?"

그녀는 잠시 고민했다.

"1820년부터? 그때쯤엔 저희 증조부께서 어린 소년이셨을 거예요. 저도 이제 한창때는 지났지만요."

이렇게 말했지만 사실 그녀는 균형 잡힌 체격에 외모도 출중했다.

"증조부께서는 제가 어렸을 때 이미 연세가 많으셨어요. 제게 그 이야기를 들려주실 때 말이에요. 아주 잘생긴 노인이셨죠. 느슨하게 힝클어진 흰 머리에 파란 눈을 가지셨어요. 어렸을 때도 아주 훤한 소년이셨겠죠. 좀 특이한 구석이 있었던 것 같지만, 그때 형편으로는 그게 당연했을 것 같아요. 증조부의 성함은 코머였어요. 좋은 가문이셨는데 후에 몰락했죠. 집안에서 요크셔에 땅을 소유하고 있었는데, 증조부께서 어렸을 때는 탑만 남아 있었다고 해요. 들판 한가운데 서 있는 작은 농가 하나하고 말이죠. 10년 전쯤 그곳에 가 보았어요. 차를 두고 걸어서 들판을 건너가야 했죠. 집까지 길이 나 있지 않았거든요. 한가운데 집만 덩그마니 있었는데 문 높이까지 풀이 자라 있었어요. 닭들이 집 주위를 돌아다니며 모이를 쪼아 먹다가 방안까지 들락거리기도 했고요. 모든 게 낡고 허물어진 상태였어요. 갑자기 탑 위에서 돌이 떨어졌던 걸 기억해요."

그녀는 이렇게 말하고는 잠시 말을 멈췄다.

"거기에 가족이 살았어요."

그녀가 말을 이었다.

"노인과 여자와 어린 소년이 말이에요. 여자는 부인도 아니었고, 소년의 어머니도 아니었어요. 농장의 일꾼이었는데 노인이 자기 아내가 죽자 여자를 데려다 함께 살았던 거죠. 아무도 찾아오는 사람이 없게 된 데에는 그것도 한몫했을 거예요. 그러다 보니 그 일대가 더 황폐해져 버린 거죠. 문 위에 문장이 걸려 있었던 게 기억나요. 곰팡이가 핀 낡고 오래된 책들도요. 증조부께서는 모든 걸 책을 통해 배우셨대요. 그 책들을 읽고 또 읽었다고 하셨어요. 페이지들 중간에 지도가 접혀져 있는 책들도 있었죠. 책을 이고 탑 꼭대기까지 올라갔다고 하셨어요. 그때의 밧줄과 부서진 계단이 그대로 있어요. 밑바닥이 떨어져 나간 의자도 창가에 여전히 있고요. 창문은 활짝 열려 있어요. 유리가 깨진 채로요. 황무지 건너 끝없이 펼쳐진 전경도 그대로예요."

그녀는 잠시 말을 끊었다. 마치 탑 위에서 활짝 열린 창문을 통해 들판을 바라보기라도 하는 것처럼.

"그런데 망원경을 찾을 수 없었어요."

일행의 등 뒤로 식당에서 접시들이 딸그락거리는 소리가 점점 커졌다. 그러나 발코니에 있는 아이비메이 부인은 망원경을 찾지 못해 황망해하고 있었다.

"망원경은 왜요?"

누군가 물었다.

"왜냐고요? 왜냐하면 망원경이 없으면," 그녀는 웃음을 터트렸다. "지금 여기 앉아 있을 이유가 없으니까요!"

하지만 체격이 좋은 중년의 그녀는 지금 어깨에 파란색의 숄을 걸치고 거기 앉아 있었다.

"망원경이 분명히 거기 있었어요." 그녀가 다시 말을 이었다. "왜냐하면 할아버지가 말씀하셨거든요. 매일 밤 어른들이 잠자리에 들고 나면 창가에 앉아 망원경으로 별을 보셨다고 말이죠. 목성, 황소자리, 카시오페아자리."

그녀는 나무 위에 떠오르기 시작한 별을 향해 팔을 휘저었다. 하늘이 점점 어두워지고 있었다. 점점 밝아지는 탐조등의 불빛이 하늘을 쓸어내듯 돌아가고 있었다. 그러다가 마치 별을 비추는 듯, 한 지점을 오래 비추곤 했다.

"저기서 별들이 빛났어요." 그녀가 다시 말을 이었다. "증조부는 자신에게 묻곤 하셨대요. '저건 뭘까? 왜 저기 있는 걸까? 그리고 나는 누굴까?' 말할 상대가 없을 때 사람들이 혼자 앉아서 그러듯이, 별을 보면서 말이에요."

그녀는 더 이상 아무 말도 하지 않았다. 일행은 모두 나무 위로 떠오르는 별을 바라보았다. 별은 마치 영원히 변하지 않을 것처럼 보였다. 포효하던 런던이 잠잠해졌다. 백 년이라는 세월이 아무것도 아닌 것 같이, 모두 그 소년과 함께 별을 보고 있는 느낌이 들었다. 탑 위의 소년 곁에서 황무지 건너 반짝이는 별을 보는 것 같았다.

그때 누군가 뒤에서 말했다.

"맞아요, 금요일."

그 순간 모두 다시 발코니로 돌아와 버린 듯 정신을 차리며 뒤를 돌아보았다.

"'맞아요, 금요일.' 아, 하지만 그에게는 그 말을 해 줄 사람이 없었죠."

그녀가 혼자 중얼거렸다. 부부가 일어나 자리를 떴다.

"그는 혼자였으니까요." 그녀가 말을 이었다. "화창한 여름날이었어요. 6월이었죠. 모든 게 뜨

126

거운 태양 아래 멈춰 선 듯한 여름날 말이에요. 농가의 마당에서는 닭들이 먹이를 쪼아 먹고, 마구간에서는 늙은 말이 발을 구르고, 노인은 안경 너머로 졸고 있었이요. 여자는 부엌에서 양동이를 닦고 있었고요. 탑에서 돌이 떨어졌을 거예요. 하루는 끝나지 않을 것처럼 길었고, 그는 말붙일 사람 하나 없이 혼자였죠. 소년은 탑 위로 올라갔어요. 그러자 그의 앞에 온 세상이 펼쳐졌던 거예요. 황야는 굽이굽이 하늘과 맞닿는 곳까지 이어져 있었죠. 초록에서 파랑으로, 다시 초록이었다가 파랑이 되길 끝없이 반복하면서."

어스름한 불빛에 두 손으로 턱을 받치고 발코니 난간에 기대 있는 아이비메이 부인의 모습이 보였다. 그 모습이 마치 탑 위에서 황무지를 내려다보고 있는 것 같았다.

"황무지와 하늘, 정말로 황무지와 하늘밖엔 아무것노 없었어요." 그녀가 중얼거렸다.

그러더니 무언가를 제 위치로 돌려놓는 듯한 동작을 취했다.

"망원경으로 보는 대지는 어떤 모습이었을까요?" 그녀가 물었다.

그러면서 무언가를 빙빙 돌리는 듯 손가락을 빠르고 작게 움직여 보였다.

"할아버지는 대지에 초점을 맞추었어요." 그녀가 말했다. "지평선에 펼쳐진 짙고 울창한 숲에 초점을 맞춘 거죠. 나무 한 그루…… 한 그루를…… 보기 위해서, 그리고 새들이…… 날아올랐다 내려앉는 것을 보고…… 나무들 사이에서 피어오르는 안개를…… 보기 위해서 초점을 맞춘 거예요. 그리고 좀 더 아래로…… 아래로…… (그녀의 시선이 점점 아래로 향했다.) 그러자 거기 집이 보였어요. 나무들 사이에…… 농가였죠…… 벽돌 하나하나가 보였어요…… 문 양쪽에는 함지박이 놓여 있는데…… 그 안에는 파란

128

색, 분홍색 꽃이 담겨 있었죠. 수국이었을 거예요, 아마도……."

그녀는 잠시 말을 끊었다가 다시 이었다.

"집에서 한 소녀가 나왔어요. 머리에 뭔가 파란 걸 두르고…… 서서…… 새들에게 모이를 주었어요. 비둘기들이…… 그녀 주위로 모여들었어요. 그러고는…… 보세요. 한 남자가…… 남자가! 모퉁이를 돌아 나왔어요. 그러더니 팔로 소녀를 안고! 키스를 했어요. 두 사람이 키스를 했어요!"

아이비메이 부인은 두 팔을 벌렸다가 마치 누군가를 안고 키스를 하는 것처럼 오므렸다.

"소년은 그때 처음으로 남자가 여자에게 키스하는 장면을 본 거였어요. 망원경으로…… 벌판을 건너 수 마일 떨어진 곳에서 말이죠!"

그녀는 지니고 있던 뭔가를 꺼내는 시늉을 했다. 망원경인 것 같았다. 그리고 똑바로 앉았다.

"소년은 계단을 뛰어 내려와 들판을 가로질러 달려갔어요. 샛길을 지나고 큰길을 달려 숲으로 갔죠. 소년은 수 마일을 뛰고 또 뛰었어요. 그러다가 별들이 나무 위로 모습을 드러낼 즈음에 그 집에 다다랐죠. 먼지를 흠뻑 뒤집어 쓴 채 땀을 비 오듯 흘리면서……."

그녀는 마치 소년을 보기라도 한 듯 말을 멈췄다.

"그러고 나서, 그러고 나서…… 그 소년이 뭘 했는데요? 무슨 말을 했죠? 그리고 그 소녀는……" 일행이 다그치듯 물었다.

마치 누군가 망원경의 초점을 그녀에게 맞춘 듯 빛줄기 하나가 아이비메이 부인을 비췄다. (적기를 찾는 공군기에서 나오는 것이었다.) 아이비메이 부인이 일어섰다. 그녀의 머리에 뭔가 파란 것이 둘러져 있었다. 그녀는 마치 문턱에 서 있는 듯 놀란 표정을 지으며 손을 들었다.

"아, 그 소녀…… 그녀는 나……" 여기서 아이비메이 부인은 잠시 멈칫거렸다. '나 자신'이라고 말하려는 것 같았다. 그러다가 기억을 되찾은 듯 말을 바꾸었다. "그녀는 나의 증조모였어요."

그러고는 돌아서서 망토를 찾았다. 망토는 그녀 뒤편 의자 위에 있었다.

"말해 봐요. 남자는 어떻게 됐죠? 모퉁이를 돌아서 나타난 남자 말이에요." 일행이 물었다.

"남자요? 아, 그 남자." 아이비메이 부인이 망토를 만지작거리며 중얼거렸다. (발코니를 비추던 탐조등 불빛이 멀어졌다.)

"그냥 자취를 감췄겠죠."

"불빛은," 그녀는 자기 물건들을 챙기며 말했다. "그저 여기저기를 비추는 거니까요."

탐조등 불빛이 멀어져갔다. 이제 불빛은 버킹엄 궁전의 넓은 뜰을 비추고 있었다. 연극을 보러 들어갈 시간이었다.

라핀과 라피노바

Lappin and Lapinova

그들은 결혼식을 올렸다. 웨딩마치가 울려 퍼지고, 비둘기가 날개를 퍼덕이며 날아올랐다. 이튼 교복을 입은 어린 소년들이 쌀을 뿌렸다. 폭스테리어가 느긋하게 길을 건넜고, 어니스트 소어번은 신부를 데리고, 남의 행복이나 불행을 구경하기 위해 모여든 런던의 호기심 많은 사람들 사이를 지나 자동차로 향했다. 그는 늠름해 보였고, 그녀는 수줍어 보였다. 쌀이 좀 더 뿌려지고 나서 차가 출발했다.

그날은 화요일이었고 오늘은 토요일이다. 로절린드는 여전히 자신이 어니스트 소어번의 아내라는 사실이 익숙하지 않았다. 호수 너머로 산이 보이는 호텔 식당의 내닫이창가에 앉아 남편이 아침 식사를 하러 내려오기를 기다리면서도 로절린드는 자기가 어니스트라는 성씨를 가진 사람의 아내가 되었다는 사실에 영영 익숙해지지 않을 것 같다는 생각을 하고 있었다. 어니스트라는 이름은 친숙해지기가 어려운 이름이었다. 그녀가 선택한 이름이 아니었다. 그녀였다면 티모시나 안토니, 피터를 선택했을 것이다. 더구나 그는 어니스트처럼 보이지도 않았다. 어니스트라는 이름은 앨버트 기념비(빅토리아 여왕의 부군이었던 앨버트 공의 기념비—옮긴이)나 마호가니로 짠 그릇장, 강철 명판에 새겨진 여왕의 부군과 그의 일가, 한마디로 말해서 포체스터 테라스에 있는 시어머니댁의 다이닝룸을 연상시켰다.

하지만 남편은 지금 여기 있다. 다행히 그는 어니스트처럼 보이지 않았다. 그럼 어떤 모습이냐고? 로절린드는 곁눈으로 그를 힐끗 보았다.

글쎄, 토스트를 먹는 모습은 토끼를 닮았다. 콧날이 오뚝하고 파란 눈, 야무진 입을 가진 말끔하고 늠름한 젊은 남자에게서 그렇게 작고 겁 많은 동물과의 유사성을 찾아낼 사람은 그녀 외에는 없을 것이다. 하지만 그래서 더 그런 상상을 하는 게 재미있었다. 음식을 먹을 때 남편은 아주 살짝 코를 씰룩거렸다. 로절린드가 애완용으로 기르는 토끼도 그랬다. 로절린드는 남편이 코를 씰룩거리는 모습을 지켜보았다. 그러다 그가 그것을 눈치채자 왜 그렇게 빤히 보았는지, 왜 웃었는지 설명을 해야 했다.

"당신이 토끼 같아서요, 어니스트." 그녀가 말했다. "산토끼를 닮았어요." 그녀가 어니스트를 보며 말했다. "먹이를 사냥하는 토끼. 토끼들의 왕. 다른 모든 토끼를 위해 법을 만드는 토끼 말이에요."

이니스트는 그런 토끼라면 반대할 이유가 없

었다. 전에는 한 번도 자기가 코를 씰룩인다는 생각을 해 본 적이 없었지만 그녀가 그걸 재미있어 하니 일부러 더 씰룩거리기 시작했다. 로절린드는 그 모습을 보고 웃고 또 웃었다. 어니스트도 웃었다. 시중을 드는 여자들과 낚시꾼들, 반들거리는 검정 재킷을 입은 스위스인 웨이터는 당연히 그들이 아주 행복하다고 생각했다. 떠오르는 대로 넘겨짚은 것이다. '하지만 그런 행복이 얼마나 가겠어?' 그들은 각자 그렇게 자문하고는 자기들이 처해 있는 상황에 따라 답을 생각해 냈다.

헤더 꽃이 만발한 호숫가에 앉아 점심을 먹을 때였다. "토끼님, 상추 드실래요?" 로절린드가 삶은 달걀과 함께 먹도록 내온 상추를 들어 보이며 물었다. "이걸 드세요." 어니스트가 팔을 뻗어 상추를 받아들고는 오물거리며 코를 씰룩거렸다.

"훌륭하신 토끼님, 선량하신 토끼님." 로절린드는 집에서 기르던 애완용 토끼에게 하듯이 어니스트를 다독이며 말했다. 그러나 그건 말도 안되는 행위였다. 어니스트는 다른 거라면 몰라도 절대로 애완용 토끼일 수는 없었기 때문이다. 로절린드는 프랑스어로 토끼를 뜻하는 "라펭"으로 그를 불러 보았다. 그러나 그는 프랑스 토끼가 될 수 없었다. 영국의 포체스터 테라스에서 태어나 럭비 학교에서 교육을 받았으며, 지금은 관공서의 공무원으로 일하는 그는 완전한 영국인이었다. 이번에는 "버니"라고 불러 보았다. 그건 더 안 어울렸다. "버니"라는 이름은 살집이 있고 몽실몽실하며 약간 코믹한 사람을 떠올리게 했는데, 어니스트는 마르고 단단하며 진지한 사람이었던 것이다. 하지만 코는 여전히 씰룩거렸다. "라핀!" 한 순간 로절린드가 이렇게 환호했다. 그러고는 고심히며 찾던 단어를 마침내 생각해 낸 듯 낮게 외쳐보았다.

"라핀, 라핀, 라핀 왕." 로절린드는 계속 이렇게 되뇌었다. 너무도 잘 어울리는 이름이었다. 그는 어니스트가 아니라 라핀 왕이었던 것이다. 왜냐고? 그 이유는 로절린드도 모른다.

모두 비가 올 거라며 말리는데도 불구하고 산책을 나섰다가 한적한 길에서 새로운 이야깃거리가 떨어졌을 때, 또는 추운 저녁 난롯가에 앉아 있을 때, 시중드는 하인과 낚시꾼은 돌아가고 종을 흔들어야만 오는 웨이터들만 남아 있을 때, 로절린드는 라핀 족의 이야기로 상상의 나래를 펴곤 했다. 로절린드는 바느질을 하고 어니스트는 책을 읽는 동안 로절린드의 상상 속에서 그것은 너무도 생생하고 재미있는 현실이 되었다. 어니스트도 책을 내려놓고 그녀의 상상을 도왔다. 라핀 족이 사는 곳에는 검정 토끼, 빨간 토끼가 있었고, 적군과 아군이 있었다. 그들이 사는 숲에서 초원과 늪지가 이어졌다. 그리고 무엇보다도 그곳에는 라핀 왕이 있었다. 코를 씰룩거리는 것 외에 아무것도 가지고 있지 않았던 그는 하루하루 시간이 지날수록 위대한 동물이 되어 갔다. 로절린드가 항상 그에게서 새로운 자질을 발견해 냈기 때문이다. 하지만 무엇보다도 그는 위대한 사냥꾼이었다.

신혼여행 마지막 날 로절린드가 물었다. "오늘 왕께서는 어떤 일을 하셨나요?"

사실 그날 두 사람은 하루 종일 등산을 해서 로절린드의 발뒤꿈치에 물집이 잡힐 정도였지만, 그것에 대해 물으려는 건 아니었다.

"오늘은," 어니스트가 시가를 문 채로 코를 씰룩거리며 말했다. "산토끼를 쫓아다녔지." 그러고는 잠시 말을 멈추고 성냥을 켠 다음 다시 코를 씰룩거렸다.

"암토끼였어." 그가 이렇게 덧붙였다.

"흰색 산토끼였죠!" 로절린드가 반가운 어조로 마치 그런 줄 알고 있었다는 듯 말했다. "몸집이 작고 은회색의 털과 크고 반짝이는 맑은 눈을 가진?"

"맞아." 어니스트는 로절린드가 그를 볼 때와 같은 눈빛으로 말했다. "작은 녀석이었어. 눈알이 튀어 나오고 두 개의 작은 앞발은 대롱거리고 있었어." 그건 로절린드가 바느질거리를 들고 앉아 있는 모습이었다. 크고 반짝이는 그녀의 눈은 정말 약간 튀어나와 있었다.

"아하, 라피노바." 로절린드가 중얼거렸다.

"그게 그 암토끼의 이름인가?" 어니스트가 물었다. "진짜 로절린드의 이름?" 그러면서 그녀를 바라보았다. 그 순간 자신이 그녀를 지극히 사랑하고 있음을 느낄 수 있었다.

"네, 그녀의 이름이에요." 로절린드가 말했다. "라피노바." 그날 밤 두 사람이 잠자리에 들기 전에 모든 것이 정해졌다. 그는 라핀 왕이고, 그녀는 라피노바 여왕인 걸로. 두 사람은 모든 면에서 서로 반대였다. 그는 대담하고 신념이 강했으며, 그녀는 조심성이 있지만 나약했다. 라핀 왕은 다사다난한 토끼들의 세계를 지배했고 달빛을 받으며 돌아다니는 그녀의 세계는 황량하면서도 신비로웠다. 그럼에도 불구하고 그들의 세계는 맞닿아 있었다. 그들은 왕과 여왕이었으니까.

그렇게 해서 신혼여행을 마치고 돌아왔을 때 두 사람은 그들만의 세계를 가지고 있었는데, 그곳에는 한 마리의 산토끼를 제외하고는 모두 집토끼만 살고 있었다. 아무도 그런 곳이 있다는 걸 짐작조차 하지 못했고, 그래서 모든 것이 더 재미있었다. 그로 인해 두 사람은 대부분의 결혼한 젊은이들보다 돈독한 한 편이 되어 세상에 맞서는 것 같은 연대를 느낄 수 있었다. 종종 두 사람은 사람들이 토끼와 숲, 덫과 사냥에 대한 이야기를 할 때 은밀한 눈빛을 주고받았으며, 메리 고모님이 토끼 고기는 차마 못 보겠다며 꼭 갓난아기 같다는 말을 할 때나, 스포츠를 좋아하는 어니스트의 형 존이 그해 가을 윌트셔에서 토끼 값이 가죽이랑 모두 포함해서 얼마나 나갔는지 얘기할 때는 테이블 너머로 슬쩍 윙크를 주고받기도 했다. 가끔 사냥터 관리인이나 밀렵꾼, 또는 영주가 필요할 때면 지인들 중에 골라서 역할을 맡기고는 즐거워했다. 예를 들어 어니스트의 어머니인 레지널드 소어번은 대지주의 역할이 제격이었다. 하지만 그런 건 일체 비밀이었으며 그 점이 바로 재미의 핵심이었다. 두 사람 외에는 아무도 그런 세계가 존재하는지 모른다는 사실.

만약 그 세계가 없었다면 어떻게 그 겨울을 견딜 수 있었겠는가? 로절린드는 생각했다. 예를 들어 금혼식(서양 풍속에서, 결혼한 지 50주년을 기념하

는 의식—옮긴이) 파티 같은 때 말이다. 소어번 가
문의 가족들이 모두 포체스터 테라스에 모여 축
복 받은 화합의 50주년을 기념했던 날. 그 결혼
으로 어니스트 소어번을 비롯해서 아홉 명의 아
들딸이 태어났으며, 그들 중 여럿이 역시 결혼해
서 자손을 번성시켰으니 복되지 않은가? 로절린
드는 파티에 참석하는 일이 두려웠다. 하지만 피
할 수는 없었다. 계단을 걸어 올라가면서 그녀는
자신이 세상에 홀로 남은 고아 같다는 생각에 마
음이 쓰렸다. 윤기 흐르는 공단 벽지와 화려한
가족의 초상화가 걸려 있는 대연회실에 모인 소
어번가의 사람들 사이에서, 자신은 한 점 물방울
같은 존재였다. 살아 있는 소어번 사람들도 초상
화에 그려진 인물들과 닮아 있었다. 다른 점이라
고는 색칠을 한 입술이 아닌 진짜 입술을 가지
고 농담을 주고받는다는 사실뿐이었다. 농담의
주제는 공부방에서 일어나는 일들이 주를 이뤘

다. 가정교사가 앉으려는데 의자를 뺐던 일, 숙녀들의 이불 속에 개구리를 넣었던 일. 로절린드는 지금까지 침대 시트를 반으로 접어서 침대에 눕는 사람이 다리를 펴지 못 하게 하는 정도의 장난도 쳐 본 일이 없었다. 로절린드는 준비해 온 선물을 들고 노란색의 화려한 공단 드레스 차림의 시어머니와 노란색 카네이션을 단 시아버지에게 다가갔다. 그들 주위의 테이블과 의자 위에는 온갖 진귀한 선물이 쌓여 있었다. 탈지면에 싸여 있는 것도 있었고, 삐죽이 뻗어 나와 번쩍이는 것들도 있었다. 양초, 시가 박스, 금줄. 하나하나 순도 높은 금임을 증명하는 금세공인의 인장이 찍혀 있었다. 로절린드가 준비한 선물은 구리와 아연을 섞어 만든 구멍 뚫린 작은 상자였다. 18세기 유물이었는데, 젖은 잉크 위에 모래를 뿌릴 때(잉크를 지울 때 고운 모래를 이용했다—옮긴이) 사용하는 모래상자였다. 모두 압지(잉크가 번

144

지지 않도록 위에서 눌러 물기를 빨아들이는 종이―옮긴이)를 사용하는 세상에 정말 어울리지 않는 선물이로군. 로절린드는 생각했다. 선물을 내놓으면서 로절린드는 그녀의 결혼식 때 시어머니가 카드에 굵은 검정색 글씨로 적어 주었던 '내 아들이 너를 행복하게 해 주기를.'이라는 글귀를 떠올렸다. 그녀는 행복하지 않았다. 전혀. 행복과는 거리가 멀었다. 그녀는 어니스트를 바라보았다. 쇠꼬챙이처럼 곧은 자세에 초상화 속 사람들을 닮은 코. 그 코는 한 번도 씰룩거려 본 적이 없을 것만 같았다.

식사를 하기 위해 다 같이 아래층으로 내려갔다. 로절린드는 붉은색과 황금색의 꽃잎을 촘촘히 오므리고 있는 큼직한 국화송이들에 반쯤 가려진 채 숨어 있었다. 모든 것이 황금색으로 빛나고 있었다. 금박으로 테를 두르고 역시 금박으로 이니셜을 새긴 카드에는 오늘 순시대로 제공

될 요리의 이름이 나열되어 있었다. 로절린드는 황금빛의 맑은 국물이 담겨 있는 접시에 스푼을 담갔다. 바깥 공기를 채우고 있는 하얀 안개가 램프의 불빛에 황금 그물을 드리워 접시 테두리를 아련히 빛나게 하고, 파인애플의 거친 겉면에도 황금빛을 입혀 놓았다. 흰색 웨딩드레스를 입고 튀어나온 눈으로 앞을 똑바로 응시하는 로절린드만이 녹지 않은 고드름 같았다.

저녁 식사가 이어지는 동안 실내 공기는 점점 덥고 습해졌다. 남자들의 이마에 땀방울이 맺혔다. 고드름이었던 로절린드도 점점 물이 되어가는 것 같았다. 녹아내리고 퍼져서 아무것도 아닌 존재로 풀어지는 중인 것 같았다. 그러다 이내 지워져 버릴 것만 같았다. 머릿속에 회오리치는 파동 같기도, 귀청을 찢는 소음 같기도 한 여자의 음성이 들렸다. "그렇지만 자손이 이렇게 번성하고 있잖아요!"

소어번 가문은 정말 그래. 자손이 번성하지. 로절린드가 가만히 되뇌어 보았다. 현기증이 엄습해 오자 사람들의 붉고 둥근 얼굴이 두 개로 보이기 시작했다. 그들의 얼굴 뒤로 금빛 안개가 후광처럼 비추어 얼굴들이 더욱 확대되어 보였다. "자손이 번성해." 그러자 존이 큰소리로 외쳤다.

"몹쓸 녀석들 같으니!……. 쏘아버려! 장화 발로 밟아 버리라고! '그놈의 토끼새끼'들은 그렇게 하는 수밖에 없다니까!"

마법의 주문 같은 그 말에 로절린드는 생기를 얻었다. 국화꽃 사이로 어니스트의 코가 씰룩거리는 것을 보았다. 잔주름을 만들면서 계속해서 씰룩거렸다. 그러자 소어번 가에 신비로운 현상이 일어나기 시작했다. 황금빛 식탁은 가시금작화가 만발한 들판으로 변하고, 이야기를 나누는 사람들의 음성은 하늘에서 울려 퍼지는 종달새의 웃음소리로 변했다. 파란 하늘에는 구름이 천천히 흐르고 있었다. 소어번 가문의 사람들도 모두 변했다. 염색한 콧수염에 음흉스러워 보이는 작은 체구의 시아버지를 바라보았다. 그는 수집광이었다. 서재에 있는 그의 책상 서랍에는 그가 아내 몰래 숨겨놓은 도장, 에나멜 상자, 18세기 화장대에서 쓰던 소소한 물건들이 가득했다. 로절린드의 눈에 그의 본래 모습이 보였다. 그는 밀렵꾼이었던 것이다. 꿩과 자고새를 코트 주머니에 불룩하게 넣어서 연기가 피어오르는 작은 오두막으로 가져와 발 세 개 달린 냄비에 슬쩍 떨구는, 그게 시아버지의 참모습이었다. 밀렵꾼. 그리고 미혼인 딸 셀리아는 남들이 숨기고 싶어하는 비밀이 있으면 그것이 아무리 사소한 것이라도 염탐을 하고 다녔다. 그녀는 극성맞게 땅속을 파고 다녀서 늘 코가 흙 범벅이 되어 있는, 분홍색 눈을 가진 흰 족제비였다. 그물에 갇힌 채 남자들의 어깨에 둘러매어져 구덩이로 던져지는 가여운 신세였던 것이다. 하지만 그것은 그녀의 잘못이 아니었다. 로절린드는 그런 생각을 하며 셀리아를 바라보았다. 그리고 그들이 대지주라 부르는 시어머니를 보았다. 얼굴이 붉게 상기된 거친 폭군. 그것이 로절린드, 아니 라피노바의 눈에 보이는 그녀의 실체였다. 사람들에게 감사의 인사를 하며 서 있는 시어머니 뒤로 석회벽이 벗겨진 퇴락한 저택이 보였다. 그녀가 자기를 혐오하는 자식들에게 울음 섞인 목소리로 더 이상 존재하지 않는 세계에 대한 감사를 전하는 것을 들었다. 갑자기 실내가 조용해졌다. 모두 유리잔을 높이 들고 서 있다가 잔을 비웠고 파티는 끝났다.

"아, 라핀 왕!" 안개를 헤치며 집으로 돌아갈 때 그녀가 외쳤다. "그 순간 당신의 코가 씰룩거리지 않았더라면, 나는 덫에 걸리고 말았을 거예요!"

"당신은 안전하오." 라핀 왕이 그녀의 앞발을

지그시 누르며 말했다.

"안전하고 말고요." 그녀가 말을 받았다.

습지와 안개, 가시금작화 향내가 그윽한 들판의 왕과 여왕인 두 사람은 공원을 가로질러 집으로 돌아왔다.

그렇게 세월이 흘렀다. 일 년, 이 년. 그리고 레지널드 소어번 부인이 돌아가신 후의 어느 겨울날, 몇 년 전 금혼식 파티가 열린 바로 그 날짜의 밤이었다. 그 집은 세놓을 참이어서 관리인한 사람만 그 집에서 지내고 있었으며, 두 사람은 사우스 켄싱턴에 있는 마구 상점 건물 위층에 세 들어 살고 있었는데 집은 지하철역에서도 멀지 않았다. 어니스트가 퇴근을 해서 두 사람이 살고 있는 작지만 말끔하고 안락한 집으로 돌아왔다. 안개가 끼어 있는 차가운 날이었고 로절린드는 난롯가에 앉아 바느질을 하고 있었다.

"오늘 무슨 일이 있었는지 아세요?" 어니스트

가 의자에 앉아 불 쪽으로 다리를 뻗자마자 그녀가 이야기를 시작했다. "시냇물을 건너는 중이었는데 말이죠."

"어떤 시냇물 말이오?" 어니스트가 그녀의 말을 끊고 물었다.

"저 아래 시냇물 말이에요. 우리 숲과 검은 나무가 만나는 지점이오." 그녀가 설명했다.

어니스트는 여전히 어리둥절한 표정이었다.

"무슨 이야기를 하고 있는 거요?" 그가 물었다.

"어니스트!" 로절린드가 실망스런 어조로 외쳤다. "라핀 왕." 그녀는 난롯불 앞에서 두 앞발을 대롱거리며 이렇게 그를 불렀다. 하지만 그는 코를 씰룩거리지 않았다. 그녀의 손(어느새 사람 손으로 변한)이 바느질감을 움켜쥐었고, 눈은 빠질 듯 튀어나왔다. 어니스트 소어번이 라핀 왕으로 변하는 데는 약 5분 정도가 걸렸다. 그러길 기다리는 동안 로절린드는 뒷목이 무겁게 당겼다. 마치 누군가 목 뒤를 잡고 비트는 것 같았다. 아무튼 그는 라핀 왕으로 변했고, 코도 씰룩거렸다. 두 사람은 다른 때처럼 숲속을 거닐며 저녁 시간을 보냈다.

하지만 그날 밤 로절린드는 좀처럼 잠을 이룰 수 없었다. 뭔가 이상한 일이 일어나고 있는 것 같은 느낌이 들어 한밤중에 눈이 떠졌다. 몸이 뻣뻣하고 추웠다. 그녀는 불을 밝히고 옆에 누워 자고 있는 어니스트를 바라보았다. 그는 곤히 잠들어 있었다. 코도 골았다. 하지만 전혀 움직이지는 않았다. 한 번도 씰룩거려 본 적이 없는 것처럼. 그가 정말 어니스트이긴 한 걸까? 그녀는 정말 어니스트와 결혼을 한 걸까? 시어머니의 다이닝룸이 눈앞에 펼쳐졌다. 강철 명판 아래 놓인 그릇장 앞에 노년의 로절린드와 어니스트가 앉아 있었다. 두 사람의 금혼식 날인 것 같았다. 로절린드는 견딜 수가 없었다.

"라핀, 라핀 왕!" 로절린드가 속삭이자 그의 코가 잠시 씰룩거리는 듯했다. 그러나 그는 여전히 잠든 채였다. "일어나 봐요, 라핀. 일어나라고요!" 그녀가 소리쳤다.

어니스트가 눈을 떴다. 그러고는 바로 옆에 자세를 곧게 하고 앉아 있는 그녀를 보며 물었다.

"무슨 일이오?"

"나의 토끼가 죽은 줄 알았어요!" 로절린드가 울먹이며 말했다. 어니스트는 화를 냈다.

"그런 쓸데없는 말 좀 하지 마시오, 로절린드." 그가 말했다. "누워서 잠을 자도록 해요."

그는 돌아눕더니 곧 다시 잠들어 코를 골기 시작했다.

하지만 로절린드는 잠이 오지 않았다. 누워서 토끼처럼 옆으로 몸을 웅크렸다. 불을 껐지만 거리의 가로등 불빛이 나뭇가지 그림자를 천장에

레이스처럼 드리웠다. 마치 천장에 수풀이 그늘
진 것 같았다. 그녀는 숲속을 이리저리 돌아다니
며 여기저기 들락거리기도 하고 빙 돌기도 했다.
사냥개 짖는 소리와 나팔 소리를 들으며 사냥감
을 쫓고, 쫓기고, 달음박질하고, 도망쳤다. 하녀
가 커튼을 젖히고 그들의 아침 차를 받쳐 들어
올 때까지.

다음 날은 아무 일도 손에 잡히지 않았다. 뭔
가를 잃어버린 사람 같았다. 몸이 오그라든 느낌
이었다. 작고 검고 딱딱해진 것 같았다. 관절도
뻣뻣했다. 아파트 안을 돌아다니면서 몇 번이나
거울을 들여다보았는데 마치 빵 위에 붙은 건포
도처럼 튀어나온 눈알이 곧 빠져 버릴 것 같았
다. 방도 작아진 것 같았다. 커다란 가구들이 이
상한 각도로 튀어나와 있어서 그녀가 지나치며
부딪히게 만들었다. 결국 로절린드는 모자를 쓰
고 밖으로 나왔다. 크롬웰 가를 따라 걷는데, 지

나가면서 들여다보는 방마다 노란색의 두꺼운 레이스 커튼에 마호가니 그릇장이 있는 다이닝 룸처럼 보이고 그 안에 사람들이 강철 명판 아래 앉아서 식사를 하고 있는 것 같았다. 그녀는 자연사 박물관까지 걸었다. 어렸을 때 좋아했던 곳이다. 하지만 들어가자마자 제일 먼저 눈에 띈 것은 인공설 위에 서 있는 분홍 눈의 박제 토끼였다. 그것을 보자 그녀는 온몸에 오한을 느꼈다. 날이 저물면 괜찮아질 것이다. 로절린드는 집으로 돌아와 불도 켜지 않은 채 난롯가에 앉아서 황무지에 혼자 있는 상상을 해 보았다. 흐르는 시냇물과 그 너머에 있는 어두운 숲. 그러나 시냇물 너머까지 가지는 못했다. 냇가의 젖은 풀 위에 쪼그리고 앉는 상상을 하면서 의자 위에서 두 손을 대롱거리며 몸을 웅크렸다. 난롯불 빛에 그녀의 눈이 유리알처럼 반짝였다. 그때 총소리가 들렸다. 그녀는 마치 자신이 총을 맞은 것처럼 놀랐다. 어니스트가 열쇠를 돌려 현관문을 여는 소리였다. 그녀는 떨면서 기다렸다. 그가 들어와 불을 켰다. 매력적인 모습의 어니스트가 빨갛게 언 손을 비비며 서 있었다.

"왜 어둡게 하고 있지?" 그가 물었다.

"아, 어니스트, 어니스트!" 그녀가 의자에서 벌떡 일어서며 외쳤다.

"이번엔 또 무슨 일이야?" 그가 불을 쬐며 성급히 물었다.

"라피노바가……." 그녀가 놀란 눈빛으로 남편을 돌아보며 떨리는 음성으로 말했다. "없어졌어요. 어니스트. 라피노바를 잃어버렸다고요!"

어니스트는 인상을 찌푸리고는 입술에 힘을 주고 말했다. "아, 그 일 때문이었군, 그렇지?" 그는 아내를 향해 음울한 미소를 지어 보였다. 그러고는 10초쯤 말없이 서 있었다. 로절린드는 자신의 목덜미에 얹은 그의 두 손에 힘이 들어가는 것을 느끼며 기다렸다.

"그래," 그가 마침내 입을 열었다. "가여운 라피노바……." 어니스트는 잠시 벽난로 위 선반에 걸린 거울을 보며 넥타이를 매만졌다.

"덫에 걸려서 죽었어." 그러고는 의자에 앉아 신문을 읽기 시작했다.

그것이 결혼의 끝이었다.

동감

Sympathy

헴프리 해먼드, 4월 29일 벅스의 하이위컴에 있는 장원에서. ― 셀리아의 남편이다! 셀리아의 남편이 틀림없어. 죽다니! 어떻게 이럴 수가! 헴프리 해먼드가 죽었어! 그를 초대하려고 했는데, 잊고 있었네. 부부가 나를 초대했을 때 왜 난 가지 않았지? 모차르트 연주회가 열리는 바람에 미루었던 거야. 우리 집에서 함께 식사했던 날, 그는 거의 말을 하지 않았어. 맞은편 노란색 안락의자에 앉아서, '가구'를 좋아한다고 했어. 그 말을 왜 했던 걸까? 나는 왜 그가 더 설명하도록 뭔가 물어봐 주지 않았지? 왜 그가 했을 수도 있는 말을 할 기회를 주지 않았지? 우리가 승합버스에 관해 오래 떠드는 동안 그는 왜 말없이 앉아 있었던 걸까? 그의 모습이 눈에 선하다. 그는 '가구를 좋아한다'고 말하고 나서 자신의 수줍은 성품 때문에, 아니면 그가 의미하는 것이 말로 할 수 없는 것이어서 설명하기를 그만뒀을지 모른다. 하지만 그건 나의 짐작일 뿐이고, 확인해볼 길은 없다. 발그레했던 그의 볼은 창백해졌을 것이고 단호하고 결의에 차 있던 그의 젊은 눈은 감겨 있을 테니까. 아직 눈꺼풀 아래서는 여전히 결의에 차 있을지도 모르지만. 남성적이고 꺾이지 않을 듯 경직된 모습으로 그는 침대에 누워 있다. 나는 그의 희고 뻣뻣한 주검을 본다. 창문은 열려 있고 새들이 지저귄다. 죽음에 대한 인정도, 눈물도, 감상도 없이 다만 시트가 접힌 부분에 백합 한 다발이 놓여 있다. 그의 어머니나 셀리아가 두고 간 것이겠지.

셀리아. 그래…… 그녀도 보인다. 그러다가 사

라진다. 내가 상상할 수 없는 순간들이 있다. 타인의 삶에는 내가 끼어들 수 없는 부분이 있으니까. 그 후에 이어지는 상황을 보고 비로소 짐작하게 되는 순간들. 나는 그녀를 따라 그의 방문 앞까지 간다. 그녀가 손잡이를 돌리고, 또다시 내가 보지 못하는 순간이 온다. 그리고 다시 상상의 눈이 뜨였을 때 그녀는 세상을 맞을 준비가 되어 있다. 미망인으로. 아니, 어쩌면 그녀는 이른 아침부터 빛이 이마에 부딪혀 산산이 부서져 내리듯 머리에서 발끝까지 하얀 베일을 쓰고 있지는 않을까? 하지만 내가 지금 볼 수 있고 앞으로 보게 될 것은 외적인 징표들이며, 그것들이 의미하는 바는 다만 짐작으로 알 뿐이다. 나는 부러움이 담긴 시선으로 그녀의 침묵과 가혹한 아픔을 바라보게 될 것이며, 고백하지 못한 비밀을 간직한 채 우리 사이를 오가는 그녀를 지켜보게 되겠지. 그리고 얼른 밤이 와서 외

161

로운 항해가 시작되길 기다리는 그녀의 열망을 상상하겠지. 그녀는 일상을 이어가기 위해 우리들과 어울리면서, 즐거워하는 우리를 경멸하며 참아낼 것이다. 수많은 소문이 떠도는 가운데 그녀는 더 많은 것을 듣게 될 터다. 유령이 따라다닐 듯한 그녀의 공허. 그 모든 것 때문에 나는 그녀를 부러워하겠지. 나는 그녀의 안전함, 즉 이미 모든 걸 체득한 상태를 부러워할 것이다. 하지만 햇살이 점점 강렬해지면서 흰 베일은 사라지고 그녀는 창가로 다가온다. 짐마차가 거리를 달리고 마부들은 선 채로 말을 몰며 다른 마차의 마부를 향해 휘파람을 불거나 노래를 부르거나 고함을 친다.

이제 그녀가 더 자세히 보인다. 양볼은 다시 발그레해졌으나 꽃다운 화사함은 사라졌다. 그녀의 응시를 온화하고 부드럽게 만들어주던 막이 걷히고, 삶의 떠들썩한 활기는 그녀가 감당하기에 너무 요란하고 거칠다. 그녀는 열린 창가에 선 채 오그리며 작아진다. 나는 그녀를 따라간다. 하지만 더 이상 부러워하지는 않는다. 내가 내민 손을 보고 그녀가 움츠러들지 않았던가? 우리는 모두 강도들이다. 다들 너무 잔인하다. 모두 무심하게 그녀를 지나쳐 흐르는 강의 물방울들이다. 그녀를 향해 나 자신을 던질 수는 있다. 하지만 곧 다시 강물로 돌아와 흘러가게 될 것이다. 그녀를 동정하여 내민 부드러운 손길도 결국 그녀에게 상처를 주게 될 것이며, 충동적인 연민으로 인한 관대함은 그녀에게 모욕감을 줄 것이다. 그녀는 카펫을 터는 옆집 여자를 향해 큰 소리로 인사를 건넨다. "좋은 아침이에요!" 이웃집 여자는 놀라서 돌아보지만, 고개만 까닥이고는 서둘러 안으로 들어간다.

그녀는 붉은 담장 위에 피어난 과일나무의 꽃을 바라보며 손마디로 눈가를 훔친다. 이제 스물네 살인가? 많아야 스물다섯이겠지. 그녀에게 언덕길을 함께 걷자고 청할 수는 없을까? 장화 신은 발로 큰길을 힘차게 디디며 우리는 출발했다. 울타리를 뛰어넘고 들판을 건너 숲으로 올라갔다. 그녀는 아네모네가 만발한 풀밭에 주저앉아 '험프리를 위한' 꽃을 꺾었다. 아침이 되면 더 싱싱해질 거라고 중얼거리면서. 우리는 풀밭에 앉아서, 검은딸기나무 가지가 이루는 아치 너머 삼각형으로 펼쳐진 노랑과 초록의 들판을 발아래로 바라보았다.

"뭘 믿으세요?" 문득 그녀가 물었다. 나는 그녀가 꽃대를 빨고 있다고 상상한다. "아무것도, 아무것도 믿지 않아요." 나는 마음에도 없는 소리로 서둘러 대꾸를 했다. 그녀는 미간을 찌푸리더니 꽃을 던지고 일어났다. 그러고는 1~2야드(약 1~2미터) 정도 걸어가더니 낮게 드리운 가지 옆에서 반쯤 돌아서서는 나뭇가지 위에 지어진

지빠귀 새의 둥지를 들여다본다.

"알이 다섯 개나 있어요!" 그녀가 소리쳤다. 나는 이번에도 서둘러 응대를 한다. "정말 멋지네요!"

하지만 이건 모두 상상일 뿐, 나는 그녀와 한 방에 있지도 않고 함께 숲에 가지도 않았다. 나는 이곳 런던에서 〈타임스〉를 손에 든 채 창가에 서 있다. 죽음은 어쩌면 이렇게 모든 것을 바꿔 놓는가! 마치 일식이 일어날 때처럼, 달의 그림자가 지나는 동안 세상의 모든 색깔이 사라지고 나무들은 종잇장처럼 창백해진다. 잔잔한 바람의 냉기가 느껴지고 멀리서 자동차의 소음이 들린다. 잠시 후, 거리가 좁혀들고 모든 소리가 하나가 된다. 내가 여전히 바라보는 동안 창백한 나무들은 보초병이 되고 파수꾼이 된다. 하늘은 감미로운 배경이 되어 어스름한 새벽빛에 모든 것이 산 정상으로 올라간 듯 멀게 느껴진다. 모두 죽음이 한 일이다. 죽음은 나뭇잎 뒤에, 집 뒤에, 구불거리며 올라가는 연기 뒤에 숨어 있다가 그것들이 삶의 변장을 하기 전에 고요 속에 정지시킨다. 고속열차를 탄 나는 언덕과 들판을 보고, 낫을 든 남자를 본다. 낫을 든 남자는 생나무 울타리에서 고개를 들고 그를 지나는 우리를 본다. 연인들은 길게 자란 풀숲에 누워 꾸밈없는 눈빛으로 나를 보고, 나도 꾸밈없는 눈빛으로 그들을 본다. 무거운 짐이 떨어져 나갔다. 장애물이 치워졌다. 나의 친구들은 맑은 공기를 마시며 수평선을 따라 펼쳐진 어둠 속을 통과한다. 모두 좋은 것만 바라면서, 나를 살짝 제쳐두고 세상의 가장자리를 넘어서 그들을 폭풍우 속으로, 아니 어쩌면 고요함 속으로 데려갈 배에 올랐다. 나의 시선은 그들을 따라가지 못한다. 하지만 하나씩 작별의 키스와 달콤한 웃음소리를 남기고 영원한 항해를 떠나기 위해 나를 스쳐간다. 마치 삶의 방향이 언제나 그쪽을 향하고 있었던 것처럼 질서 정연하게 물가로 걸어 내려간다. 삶이 시작되던 순간부터 우리가 밟아온 궤적이 선명해진다. 온화한 하늘을 배경으로 웅장하게 선 플라타너스 아래서 엇갈리고 굽이치며 함께 달리던 흔적이 보인다. 바퀴소리와 외침소리가 한데 어우러져 커졌다가 작아진다.

내가 잘 알지 못하고 지냈던 한 젊은 남자는 자기 안에 죽음이라는 엄청난 위력을 감추고 있었다. 세상에 존재하기를 멈춤으로써, 별개였던 존재들 사이의 경계를 허물고 이들을 융합시켰다. 밖에서는 새들이 지저귀는 동안 창문이 열린 그 방에서, 그는 조용히 물러갔다. 그의 목소리는 미미했으나 그의 침묵은 심오하다. 망토를 벗어 우리 발밑에 깔아주듯 그는 자신의 생명을 내려놓았다. 그는 우리를 어디로 이끄는 것일까? 우리는 세상의 끝까지 따라가서 내다보지만, 그는 우리가 닿을 수 없는 곳으로 가 버렸다. 그의 모습은 창공으로 사라지고, 우리에게 남은 건 다정한 초록과 파란 하늘뿐. 하지만 투명한 세상에 그의 자리는 없고, 그는 길이 끝나는 곳에 모여 있는 우리에게 등을 돌렸다. 그리고 새벽빛을 가르며 사라졌다. 그는 떠났다. 이제 우리는 돌아가야 한다.

플라타너스가 창공을 향해 잎사귀를 흔들어 빛의 조각들을 떨어낸다. 태양은 나뭇잎 사이로 잔디에 빛을 쏟아놓는다. 제라늄은 흙을 딛고 붉게 빛난다. 왼쪽에서 외침이 들려온다. 거칠고 갈라지는 듯한 또 다른 외침이 오른쪽에서 들려온다. 마차바퀴들이 부딪히고 승합차들은 방향이 엇갈려 뒤엉킨다. 시계가 열두 번의 명징한 울림으로 정오를 알린다.

그럼 나는 이제 돌아가야 하나? 수평선이 닫히고, 산이 가라앉고, 거칠고 강렬한 색깔들이 돌아오는 것을 보아야 하나? 아니, 아니야. 험프리 해먼드가 죽었어. 그가 죽었다고. 하얀 시트와 꽃향기. 벌 한 마리가 방안을 붕붕거리며 돌아다니다가 나갔지. 어디로 갔을까? 초롱꽃에 한 마리 붙어 있다가 거긴 꿀이 없는 것을 알고 노란색 꽃무로 옮겨간다. 하지만 오래된 런던의 정원에 꿀이 있을 리가? 거대한 하수관 위나 터널이 굽어지는 곳에 말라붙은 소금 알갱이처럼 땅이 메말라 있는데 말이다. 그렇지만 험프리 해먼드가! 그가 죽다니! 신문에 난 이름을 다시 읽어 봐야 할 것 같아. 친구들에게 돌아가야 해. 그렇게 빨리 그들을 저버려서는 안 돼. 그는 사흘 전인 화요일에 갑자기 죽었어. 이틀 동안 아프고 끝이었던 거지. 죽음의 위대한 과업. 끝났어. 이미 그는 흙에 덮여 있을지도 몰라. 사람들의 일상도 각기 다른 방식으로 변화를 겪겠지. 아직 소식을 듣지 못한 사람들은 여전히 그의 주소로 편지를 보낼 것이고, 현관 테이블에 쌓여 있는 봉투들은 이미 과거의 것이 돼 버렸을 거야. 그가 벌써 몇 주 전에, 아니 몇 년 전에 죽은 것처럼 느껴진다. 그를 생각해도 그에 대해 떠올릴 수 있는 게 거의 없으며, 가구를 좋아한다는 그의 말에서도 떠올릴 수 있는 의미가 없다. 하지만 그는 죽었다. 그가 나의 감성을 건드릴 수 있는 것은 아무것도 없다. 끔찍한 일이야! 너무나! 그렇게 무정했다니! 저기 그가 앉았던 노란색 안락의자가 있다. 낡았지만 여전히 견고한 저 의자는 우리를 능가하여 세상에 남을 것이다. 그리고 벽난로 위 선반에 진열된 유리와 은 장식물도. 그의 생명은 벽과 카펫에 줄무늬를 그리는 햇빛 속에 떠도는 먼지처럼 덧없다. 내가 죽는 날에도 태양은 그렇게 잔디와 은 식기를 비추겠지. 그리고 앞으로도 수백만 년간 노랗고 넓은 오솔길, 이 집과 마을을 지나 무한히 먼 곳까지 비추

겠지. 오직 주름진 바다만이 햇살을 받으며 무한
히 펼쳐진 그곳까지. 험프리 해먼드. 그가 누구
였더라? 기이한 소리가 들린다. 조개껍데기처럼
구겨졌다가 매끄럽게 펴지는 소리.

　대단한 전동의 위력이야! 우편물이군! 검정
색 잉크로 꼬불꼬불 글씨가 적힌 사각의 흰 봉
투. '저희 시아버지께서…… 오셔서 식사나 같
이…….' 시아버지 얘기를 하다니, 정신이 나간
거 아니야? 아직 흰 베일을 쓰고 있으며 침대엔
흰 시트가 덮여 있는데 말이야. 백합과……. 열
려 있는 창문……. 문 밖에서 카펫을 터는 여자.
'험프리가 사업을 맡게 되었어요.' 험프리라고?
그럼 누가 죽은 거지? '저희는 큰 집으로 옮겨갈
것 같아요.' 죽음의 집을 말하는 건가? '그곳에
꼭 놀러 오세요. 저는 상복을 사러 런던에 가야
해요.' 오, 그가 아직 살아 있다고 말하지 마! 오,
당신은 내체 왜 나를 속였지?

행복

Happiness

스튜어트 엘튼은 허리를 굽혀 바지에 묻은 흰 실밥을 털어냈다. 그 소소한 동작은 마치 장미 송이에서 꽃잎 하나가 떨어지듯 강렬한 감각적 자극을 산사태처럼 쏟아냈다. 이내 허리를 펴고 서튼 부인과 대화를 이어가면서, 스튜어트 엘튼 은 자신이 여러 개의 꽃잎이 겹겹이 쌓여 이루어진 결정체 같다는 생각을 했다. 빨갛게 물들어 열기를 띤, 형용할 수 없는 광채가 배어 있는 꽃잎이 그가 몸을 구부렸을 때 떨어진 것이다. 젊을 때는 그런 느낌을 느껴보지 못했다. 그런 적이 없었다. 하지만 마흔다섯 살이 된 지금은 바지에 붙어 있는 실밥을 털어내기 위해 몸을 굽히기만 해도 이 아름답고 정돈된 생명의 감각이, 산사태처럼 쏟아지는 감흥이 온몸을 타고 흐르는 것이다. 그는 다시 몸을 일으키고 매무새를 가다듬었다. 그녀가 무슨 말을 하고 있었지?

서튼 부인은 (스튜어트의 턱 밑에 까칠하게 자란 수염과 막 중년에 들어선 그의 울룩불룩한 몸매에 여전히 끌렸다.) 매니저들이 편지를 보내고 만날 약속까지 잡았지만 하나도 성과가 없다는 말을 하고 있었다. 그녀가 더욱 힘들 수밖에 없는 이유는 무대 공연 종사자들과 태생적으로 아무런 인맥도 갖지 못했기 때문이다. 그녀의 아버지를 비롯해서 그녀 주변의 사람들은 모두 시골 출신이었던 것이다. (스튜어트 엘튼이 실밥을 털어낸 건 바로 이때였다.) 그녀는 말을 멈추었다. 책망을 들은 듯한 느낌이었기 때문이다. 그렇다, 스튜어트 엘튼이 몸을 굽혔을 때, 그녀는 그가 자신이 원하는 걸 가졌다고 생각했다. 그래서 그녀는 스튜어트가 몸을 일으켰을 때 얼른 사과했다. 자기 얘기를 너무 많이 한 것에 대해서. 그리고 이렇게 덧붙였다. "당신은 내가 아는 사람 중에 가장 행복한 사람인 것 같아요."

그녀의 말은 그가 몸을 굽혔을 때 느꼈던, 몸속을 부드럽게 퍼져나가던 생명의 활기와 안정된 재조율의 감각, 그리고 떨어지는 꽃잎과 완전한 장미 송이에 대한 느낌과 신기하게 맞아떨어졌다. 하지만 그것이 '행복'이었을까? 그렇지는 않다. 그 엄청난 단어는 그런 감각적 흥취에 어울리지 않으며, 밝은 빛 주위의 장미 꽃잎들 속에 감겨 있는 상태를 말하는 것도 아닐 것이다. 아무튼 서튼 부인은 자기가 아는 지인 중에 가장 부러운 사람이 바로 스튜어트 엘튼이라고 했다. 그는 모든 것을 가지고 있지만 자기는 아무것도 가진 게 없다면서. 두 사람은 계산해 보기로 했다. 돈은 두 사람 다 충분히 가지고 있다. 그녀에겐 남편과 아이들이 있었고, 그는 독신이었다. 그녀는 서른다섯 살이고 그는 마흔다섯 살이다. 그녀는 평생 아파 본 적이 없는데, 그는 내과 질환에 시달리고 있다고 했다. 하루 종일 바닷가재가 먹고 싶은데 그런 음식은 건드리지도 못한다고도 했다. 바로 그런 점이요! 서른 부인은 외쳤다. 자기가 너무나 정확히 짚어냈다는 듯이. 그에게는 질병까지도 하나의 농담에 불과하지 않은가. 한 가지 불행이 한 가지 행복과 동점이라는 건가요? 그녀는 이렇게 물었다. 비례 감각, 뭐 그런 건가요? 뭐가 말입니까? 스튜어트는 그녀의 말이 무슨 뜻인지 알면서도 이렇게 되물었다. 이 덤벙거리고 어수선한 여자를 밀어내기 위해서였다. 불만투성이에 활력이 넘치고 언쟁을 좋아하는 이 여자는 이 소중한 존재의 감각을 망쳐 버릴 수 있기 때문이다. 그의 머릿속에 두 개의 물체가 동시에 떠올랐다. 미풍에 나부끼는 깃

발과 시냇물에 뛰노는 송어였다. 신선한 바람이
나 청결한 물살처럼 맑고 상쾌하고 밝고 명료하
게 쏘아대는 짜릿한 감각의 전류가 그를 받쳐주
어서, 그가 손을 움직이거나 몸을 굽히거나 말을
할 때 무수한 행복 원자들의 압력을 몰아내고 자
세를 꼿꼿이 할 수 있었다.

"당신에겐 아무것도 문제가 되지 않아요." 서
튼 부인이 말했다. "아무것도 당신을 바꿔놓을
수 없죠." 그녀는 저돌적이면서도 야유가 섞인
뭔가 어색한 투로 말했다. 마치 시멘트 블록을
쌓기 위해 접착제를 여기저기 흩뿌려 놓는 시멘
트공 같았다. 그러는 동안 스튜어트는 알 수 없
는 표정으로 조용하고 차분하게 서 있었다. 그
녀는 그를 선망하고 미워하면서도 그로부터 뭔
가를 얻어내고자 했다. 자신의 풍부한 감성과 열
정, 능력과 재주를 더한다면 지금 당장 시던즈
부인(18세기의 가장 유명한 비극 전문 배우—옮긴이)의

177

경쟁 상대도 될 수 있을 거라 생각하면서. 스튜어트는 그녀에게 굳이 말하고 싶지는 않았다. 하지만 말해야 했다.

"오늘 오후에 큐 가든에 갔었어요." 그가 무릎을 굽혀 또다시 실밥을 털어내며 말했다. 흰 실밥이 붙어 있어서가 아니라, 그 동작을 반복함으로써 그의 기능이 여전히 작동하고 있음을 확인하기 위해서였다.

만약 누군가 숲속에서 이리떼에게 쫓기고 있다면, 그는 자기 옷을 조금씩 찢고 비스킷을 잘라서 성난 이리떼에 던져줄 것이다. 어느 정도는 빠르고 안전한 썰매에 타고 있다고 느끼면서.

굶주린 이리떼들이 쫓아오면서 그가 비스킷처럼 던져준 "오늘 오후에 큐 가든에 갔었어요."라는 말에 정신을 팔고 있는 동안 스튜어트 엘튼은 다시 큐 가든으로 달려갔다. 이리떼가 다가오지 못하게 손을 쳐든 채로 그들을 앞질러 목련나무와 호수, 강이 있는 곳으로 갔다. 세상은 울부짖는 이리떼로 가득한데 스튜어트는 그중에 그에게 저녁 식사나 점심 식사를 함께하자고 청한 사람들을 떠올렸다. 그는 그들의 청을 수락하기도 하고, 거절하기도 했다. 그는 또한 잘 손질된 큐 가든의 햇빛 비치는 넓은 잔디에 있을 때의 느낌을 떠올렸다. 그리고 지팡이를 휘두르며 이것, 저것, 여기, 저기를 선택할 수도 있으며, 비스킷 조각을 떼어 이리떼에게 던져줄 수도 있었으며, 이것을 읽고, 저것을 보고, 남녀를 가리지 않고 만날 수 있었으며, 어느 마음 좋은 친구의 거처에 머물 수도 있을 만큼 자유로웠다. "큐 가든에 혼자서 말인가요?" 서튼 부인이 재차 물었다. "당신 혼자서요?"

아! 이리는 그의 귀에 대고 요란하게 짖어댔다. 이런! 그는 한숨을 쉬었다. 그날 오후, 호숫가에서 과거를 생각하며 한숨지었던 것처럼. 거위가 뒤뚱거리며 나무 밑을 지나갈 때, 나무 그늘에는 한 여인이 앉아서 흰 천을 바느질하고 있었고, 그는 옆에서 연인들이 팔짱을 낀 채 지나가는 익숙한 풍경을 바라보며 한숨지었다. 한때는 황폐함과 폭풍과 절망이 있었지만 지금은 평화와 건강함이 있는 곳에서. 아무튼 이렇게 서튼 부인이라는 이리는 그에게 혼자임을, 정말 혼자임을 상기시켰다. 하지만 그는 자신들도 뭔지 모를 것을 부여잡고 걸어가는 젊은이들을 동정하면서 마음을 추슬렀던 것처럼 이번에도 마음의 평정을 찾을 수 있었다.

"정말 혼자였단 말이군요." 서튼 부인이 다시 한 번 이렇게 말했다. 그녀는 검고 윤기 흐르는 머리를 절망적으로 떨구면서 자기로서는 생각조차 할 수 없는 일이라고 말했다. 그렇게 혼자서 행복할 수 있다는 것 말이다.

"그렇죠." 그가 말했다.

행복에는 항상 이렇게 멋진 환희가 따른다. 이는 정신적 고양이나 넘치는 충만, 칭찬, 명예, 건강 같은 것이 아니다(그는 2마일(약 3킬로미터)만 걸어도 녹초가 될 지경이었으니까). 그것은 신비스러운 상태, 무아지경, 황홀경 같은 것이다. 스튜어트는 무신론자에 회의적이고 세례도 받지 않았고 그 밖의 모든 점에도 불구하고 스스로 추측컨대, 남자들을 성직자로 바꿔 놓으며 한창때의 여성들로 하여금 풀 먹인 주름 장식을 턱에 두르고 꼭 다문 입에 돌처럼 굳은 눈을 하고 거리를 활보하게 하는 그런 황홀의 감각과 비슷하지 않은가 싶었다. 다만 다른 점이 있다면, 그들은 그것에 감금되었지만, 그는 그것으로 자유로워졌다는 것이다. 행복감은 그로 하여금 누구에게도, 아무것에도 의존하지 않을 수 있게 해 주었다.

서튼 부인도 스튜어트가 말하기를 기나리는

동안 그것을 느꼈다.

그렇다. 스튜어트는 썰매를 멈추고 내려서 이리떼들이 그를 에워싸도록 할 것이다. 그리고 그들의 탐욕스러운 주둥이를 다독여 주기로 했다.

"큐 가든은 아름다웠어요. 꽃이 만발했더군요. 목련과 철쭉," 그러고는 꽃 이름들은 다 기억할 수 없다고 했다.

그들은 그것을 파괴할 수 없다. 하지만 그것이 뭐라 말로 설명할 수 없게 왔다면, 그렇게 떠나갈 수도 있지 않은가. 스튜어트는 큐 가든을 나가 리치몬드로 향하는 강둑을 걸으며 생각했다. 아, 어떤 가지는 나무에서 떨어지기도 하고, 초록이었다가 파랑으로 변하기도 하며, 잎이 흔들리기도 한다. 그것으로 충분하다. 그렇다. 그것만으로도 충분히 이 놀라운 기적은 붕괴될 수 있다. 한때 그의 것이었고, 언제나 그의 것이어야 하는 그 보물이 말이다. 불안해서 어쩔 줄 모

르게 된 스튜어트는 서튼 부인을 생각할 겨를도
없이 그녀 곁을 떠났다. 그러고는 방 건너편으로
가더니 종이 자르는 칼을 집었다. 그렇다. 괜찮
다. 그에겐 아직 그것이 있으니까.

상징

The Symbol

산 정상에는 달의 분화구처럼 약간 파인 곳이 있었다. 눈이 가득 담겨, 비둘기 가슴처럼 빛에 따라 변하는 무지개색을 띠었다가 완전히 흰색이 되곤 했다. 가끔 마른 입자들이 흩날리기는 했지만 주변에 쌓일 정도는 아니었다. 그곳은 살이나 털로 덮인 생명체가 살기에는 너무 높았다. 눈은 언제나 한결같이 그날의 날씨에 따라 진주빛이었다가 붉은 핏빛을 띠거나 순수한 흰색이 되었다.

골짜기 깊숙한 곳엔 무덤들이 있었다. 산의 양쪽 비탈은 급격한 경사를 이루고 있었는데, 맨 윗부분은 순전히 바위들이, 아래로는 눈이 겹겹이 쌓여 있었으며, 더 아래로는 소나무 한 그루가 험악한 바윗덩어리를 붙잡고 서 있었다. 그리고 외딴 오두막 한 채, 그 아래로는 고른 잔디가 찻잔 접시처럼 펼쳐져 있었으며, 달걀껍질 같은 지붕을 이고 있는 집들이 옹기종기 모여 있었다. 마지막으로 제일 아래에 마을, 호텔, 영화관 그리고 묘지가 있었다. 호텔 근처 교회 뜰에 있는 묘지에는 등반을 하다가 떨어져 죽은 사람들의 이름이 쓰여 있었다.

"산은 상징이야⋯⋯." 여자는 호텔 발코니에 앉아 이렇게 썼다. 그러고는 잠시 멈췄다. 안경을 통해 산 정상까지 볼 수 있었다. 그녀는 어떤 상징인지 알아보기라도 하려는 듯 안경을 달각거려 초점을 맞췄다. 그녀는 버밍엄에 있는 언니에게 편지를 쓰는 중이었다.

발코니는 극장의 특등 관람석처럼 알프스 여름 휴양지의 중심가를 내려다보고 있었다. 별도로 마련할 수 있는 공간이 실상 없었기 때문에 그곳 나름대로 연극 공연들은 대중이 모두 볼 수 있게 열린 공간에서 이루어졌다. 공연은 대부분 임시적이었고, 서막이나 개막극이었다. 즉 그냥 시간을 보내기 위한 오락물이었으므로 결혼이나 영원히 변치 않는 우정 같은 결말을 보여주는 일은 거의 없었다. 대부분 뭔가 공허하고 결말이 없는 공상적인 내용이었다. 이 높은 지대까지 끌고 올라올 수 있는 것들 중에 확고한 것은 별로 없다. 집들도 겉만 그럴듯해 보였다. 영국인 아나운서의 음성이 마을까지 이를 때쯤에는 그 음성마저 비현실적인 것이 되어 버렸다.

그녀는 안경을 내리고 바로 아래 거리에서 출발 준비를 하는 젊은 남자들을 향해 고개를 까닥해 보였다. 그녀는 무리 중 한 명을 알고 있었다. 그 젊은이의 고모가 딸이 다니는 학교의 선생님이었던 깃이다.

그녀는 잉크가 묻어 있는 펜을 든 채 아래 모여 있는 등산객들을 향해 손을 흔들었다. 그녀는 좀 전에 '산은 상징이야'라고 썼다. 그런데 무엇을 상징한다는 거지? 지난 한 세기 동안 사십 년대에 두 사람, 육십 년대에 네 사람이 산에서 목숨을 잃었다. 앞의 두 사람은 로프가 끊어져서 사고를 당했고, 나머지 네 사람은 밤에 자다가 얼어 죽었다. 우리는 언제나 높은 곳에 오른다. 이는 누구라도 들어봤을 만한 상투적인 문구다. 하지만 그녀가 안경을 통해 아무도 오르지 못한 산 정상을 본 후로, 줄곧 머릿속에 떠도는 상념을 그 문구로는 어쩐지 대변할 수 없었다.

그녀는 다소 두서없이 편지를 써내려 갔다. "그런데 나는 왜 저 산을 보고 와이트 섬을 떠올렸을까? 어머니의 죽음이 가까웠을 무렵 우리가 그곳에 모시고 갔던 거 언니도 기억할 거야. 나는 발코니에 서 있다가 보트가 들어오면 거기서 내리는 승객들을 묘사하곤 했지. '저건 에드워드 씨가 틀림없는 것 같아……. 지금 막 배의 보드에서 내렸어.'라고 하면서 말이야. 그러다 보면 승객들이 모두 육지에 오르고, 보트는 다시 방향을 돌렸지……. 언니에게 한 번도 말한 적이 없는 것 같은데, 당연하지…… 언니는 인도에 있었고, 루시 출산을 앞두고 있는 상태였으니까. 하지만 나는 그때 진찰하러 오는 의사가 어머니의 시간이 일주일도 안 남았다고 말해주길 얼마나 기다렸는지 몰라. 그 일주일이 길어져서 어머니는 18개월을 더 사셨지. 혼자 남겨졌을 때, 나는 어머니의 주검이 마치 무슨 상징물이라도 되는 듯 바라보았어. 저 산은 지금 나에게 그 기억을 상기시켜 주고 있어. 나는 과연 내가 자유로워지는 때가 올까 생각했었어. 언니도 알다시피 어머니가 돌아가실 때까지 우린 결혼할 수도 없었잖아. 그때 나에게는 산 대신 구름이 더 간절했

189

어. 나는 산 정상에 서 있는 나를 상상했어. 하지만 아무에게도 그런 말을 하진 않았어. 내가 피도 눈물도 없는 사람처럼 보일 것 같아서. 나는 발밑에 펼쳐진 수많은 경사면을 그려 볼 수 있었어. 우리 가족은 인도에 사는 영국인이었잖아. 들리는 말로 미루어 보면 전혀 다른 세상에 사는 사람들의 삶을 상상할 수 있을 것 같았어. 진흙으로 지은 오두막이나 야만인들 그리고 연못에서 물을 마시는 코끼리. 우리 삼촌과 사촌 중 여럿이 탐험가였잖아. 나도 늘 탐험에 대한 열망을 품고 있었어. 그렇지만 이미 약혼한 지가 오래되었으니, 당시의 나로서는 결혼을 하는 것이 순리에 맞다는 생각이 들었던 거지."

그녀는 길 건너에 있는 어느 집 발코니에서 매트를 털고 있는 여자를 바라보았다. 여자는 매일 아침 같은 시간에 나온다. 돌을 던지면 닿을 수 있는 거리였다. 두 사람은 길을 사이에 두고 서로에게 미소를 보내는 사이가 되었다.

"여기 있는 작은 별장들은," 그녀는 다시 펜을 잡고 이어갔다. "버밍엄에 있는 것들과 매우 비슷해. 거의 모든 집들이 하숙을 치고 있어. 호텔이 늘 만실이거든. 차림이 좀 단조롭기는 하지만 음식 맛이 나쁘다고 할 정도는 아니야. 물론 호텔의 전망은 기가 막히지. 어떤 창문에서든 산이 보이니까. 그렇지만 그건 마을 어디서도 마찬가지야. 어떤 때는 신문 파는 가게에 들어갔다 나오다가, 우리는 신문을 늘 일주일 늦게 받아 보게 되거든, 눈앞에 바로 산이 보여 깜짝 놀라 비명을 지를 때도 있어. 산이 바로 길 건너에 있는 듯 보일 때가 있는가 하면, 어떤 때는 구름처럼 아득하게 보일 때도 있어. 조금도 움직이지 않는 구름. 여기선 누굴 만나든, 심지어 아프거나 삶이 곤궁한 사람들조차도 대화의 주제는 산이야. 오늘은 산이 잘 보인다든가, 길 건너에 있는 듯이 보인다든가, 먼 것처럼 보인다든가, 아니면 구름처럼 보인다든가. 이곳에선 그게 가장 일반적인 대화야. 지난밤 폭풍이 불 때는 잠시 저 산이 안 보였으면 좋겠다고 생각했어. 그런데 식사 중에 앤초비 소스가 나오는데, 비숍 목사가 '저기 산이 보이네요!'라고 소리치는 거야."

"내가 이기적인 건가? 세상에 힘든 일이 많으니 나 자신을 너무 부끄럽게만 여기지는 말아야겠지? 여행객들만 힘든 사정을 안고 오는 것은 아니야. 이곳에 사는 사람들도 갑상선종으로 죽을 만큼 고통받고 있다고. 물론 가진 것도 많고 돈도 많다면야 고통을 잠시 멎게 할 수는 있겠지. 하지만 결국 치료 불가능한 것에 연연해하며 하며 사는 것도 부끄러워 말아야겠지? 저 산이 지진으로 생겨난 것처럼, 저 산을 무너뜨릴 수 있는 것도 지진밖에는 없을 거야. 얼마 전에 숙소 주인인 멜키오르 씨에게 요즘에도 지진이 일어나느냐고 물었더니, 지진은 없었고 산사태나 눈사태만 일어난다고 했어. 알려진 바로는 온 마을을 쓸어버린 적도 있다고 말이야. 그러고는 얼른 덧붙이더라. 하지만 이곳은 위험하지 않다고."

"이 글을 쓰는 지금 젊은이들이 경사면을 오르는 모습이 선명하게 보여. 모두 로프 하나에 몸을 묶었어. 내가 좀 전에 말했던 그 젊은이는 마가렛과 같은 학교에 다녔어. 지금은 빙하의 갈라진 틈을 건너는 중……"

펜이 손에서 굴러떨어지는 바람에 잉크가 종이에 갈지자를 그리며 튀었다. 젊은이들의 모습이 시야에서 사라진 것이다.

수색대가 시신을 수습한 것은 그날 밤 늦은 시각이었다. 그녀는 그제야 발코니에 쓰다 만 편지가 있는 것을 보았다. 그녀는 다시 한 번 펜을 잉크병에 찍었다. "진부한 옛말이 유용하게

쓰일 때가 있네. 그들은 저 산을 오르다가 죽었
어……. 농부들이 봄꽃을 꺾어다 그들의 무덤에
놓아 주었어. 그들이 목숨을 잃어가며 찾으려던
것은……"

　적당한 마무리 문장이 떠오르지 않았다. 그래
서 "아이들에게 사랑을 보내며."라고 쓰고 자기
애칭을 적었다.

단단한 물체들

Solid Objects

반원을 그리는 드넓은 해안가에 움직이는 것은 작고 검은 점뿐이었다. 좌초된 청어잡이 배의 늑재와 뼈대 쪽으로 좀 더 가까이 다가오니, 검은 점이 점점 옅어져 네 개의 다리가 달렸다는 걸 알아볼 수 있었다. 곧 그 다리는 두 젊은 남자들의 것임이 선명해졌다. 모래를 배경으로 드러나는 윤곽만으로도 생생한 활력이 느껴졌다. 서로 조금씩 다가섰다 멀어지기를 반복하는 두 사람의 모습에서 뭐라 설명할 수 없는 격정이 뿜어져 나왔다. 자그마한 둥근 얼굴에 달린 조그만 입에서 격렬한 논쟁의 말을 쏟아내고 있는 것 같았다. 거리가 좀 더 가까워지자 오른쪽 사람이 지팡이로 찌르는 시늉을 하는 것이 보여 그 점이 더욱 확실해졌다. "그러니까 자네 말은…… 자네 정말 그걸 믿는……" 오른손에 든 지팡이로 모래밭에 똑바른 선을 그어가면서 열심히 주장하고 있었다. 그 바로 옆까지 파도가 밀려와 일렁였다.

"망할 놈의 정치!" 왼편에서 걷던 사람이 이렇게 말했다. 이런 말들이 오가는 동안 두 사람의 입과 코, 턱, 콧수염, 혼방모직으로 짠 모자, 투박한 부츠, 사냥용 코트와 체크무늬 스타킹이 점점 더 또렷하고 자세하게 시야에 들어왔다. 두 사람의 파이프에서는 담배 연기가 피어올랐고, 수 마일에 걸쳐 펼쳐진 바다와 모래언덕에서 그 두 사람의 몸만큼 견고하고 생기 있으며 단단하고 혈기왕성하며 털북숭이이고 사내다운 것은 없었다.

두 사람은 검정색 청어잡이 배의 여섯 개 늑재와 뼈대 옆에 몸을 던지듯 털썩 주저앉았다. 몸이 논쟁의 흥분을 털어버리고 격앙되었던 감정을 달래기 시작했음을 알 수 있었다. 내던지듯 주저앉아 느긋한 자세를 취함으로써 뭐든 앞으로 다가오는 새로운 것을 잡을 준비가 된 것이다. 반마일(약 1킬로미터) 정도 전에만 해도 지팡이로 모래를 두드리던 찰스는 편편한 돌을 집어서 수면 위로 던지며 물수제비를 뜨기 시작했다. "망할 놈의 정치!"라고 소리치던 존은 손가락으로 모래를 파기 시작했다. 그러다가 점점 깊어져 손목까지 들어가고, 마침내 옷소매를 걷어 올려야 할 정도의 깊이까지 팠다. 잔뜩 힘을 주었던 눈에 긴장이 풀렸다. 아니, 어쩌면 어른이 되면서 가지게 되는 생각과 경험이 만들어낸, 깊이를 알 수 없는 눈빛이 걷히고, 경이로움밖에 표현할 줄 모르는 무구하고 투명한 어린아이의 눈빛만이 남은 것인지도 모른다. 그것이 모래에 구멍을 파는 행위와 관련되어 있다는 것은 의심할 여지가 없었다. 조금씩 파다 보면 손가락 끝에 물이 차오르기 시작하고 구멍은 작은 도랑이 되었다가 우물이 되었다가 샘이 되었다가, 마침내 바다로 통하는 비밀 통로가 되었던 것을 그는 기억하고 있었다. 구멍을 무엇으로 발전시킬 것인지 생각하는 동안 그는 물 밑에서 열심히 손가락을 움직였다. 그러다가 뭔가 단단한 물체를 감싸 쥐게 되었다. 물방울처럼 둥글고, 딱딱한 물체였다. 모래를 크게 한 움큼씩 몇 번 파내고 나서 물체를 끄집어 낼 수 있었다. 물체의 표면에 묻은 모래를 닦아 내니 초록빛이 드러났다. 거의 불투명해 보일 정도로 두툼한 유리 덩어리였다. 바닷물에 씻겨 모서리나 날카로운 끝이 완전히 마모된 상태였기 때문에 그것이 원래 병이었는지, 큼직한 잔이었는지, 아니면 창유리였는지 알 수 없는 그저 큼직한 유리알이었다. 보석 같기도 했다. 금테를 두르거나 구멍을 뚫어 줄을 끼우면

목걸이가 될 수도 있고, 손가락에 끼워져 초록빛을 반짝일 수도 있을 것 같았다. 어쩌면 진짜 보석이었는지도 모른다. 검은 피부의 공주가 노 젓는 노예들의 노래를 들으며 뱃전에 앉아 손가락으로 물살을 가를 때 그녀의 손가락에 끼워져 있었는지도. 아니면 참나무로 만든 엘리자베스 시대의 보물 상자가 바다에 빠져 가라앉으면서 옆면이 뜯겨져 나와 이리저리 굴러다니는 동안, 장식으로 박혀 있던 에메랄드가 떨어져 나와 해변으로 쓸려온 건지도. 존은 유리알을 손으로 굴려보다가 높이 쳐들어 햇빛에 비춰보았다. 비정형의 유리알이 찰스의 몸과 길게 뻗은 오른팔을 가렸다. 유리알을 하늘을 향해 쳐들었다가 찰스의 몸을 향해 대보았다가 할 때마다 초록빛이 밝아졌다가 짙어졌다. 존은 그런 변화가 흥미롭고 신기했다. 광활한 바다와 안개가 자욱한 해변에 비해, 존이 들고 있는 물체는 너무도 단단하고 응

축적이며 명확했다.

한숨 소리가 그의 집중을 방해했다. 그의 친구 찰스의 깊고 단호한 한숨 소리는 그가 손닿는 곳에 있는 편편한 돌을 모두 집어 던졌으며 그런 행위가 부질없는 장난이라는 결론에 도달했음을 알려왔기 때문이다. 그들은 나란히 앉아 샌드위치를 먹었다. 다 먹고 나서 일어나 모래를 털어낸 후에도 존은 유리알을 들고 말없이 그것을 들여다보았다. 찰스도 유리알을 보았다. 하지만 곧 그것이 편편하지 않다는 것을 확인하고는 파이프에 담배를 채우며 쓸데없는 생각은 떨어버리라는 듯이 목청에 힘을 주어 말했다.

"아까 하던 얘기를 다시 하자면 말이야……."

찰스는 보지 못했다. 아니, 보았지만 알아차리지 못했는지도 모른다. 존이 한동안 유리알을 바라보다가 망설이는 듯한 동작으로 그것을 주머니에 넣는 것을. 그 충동은 마치 자갈길을 가던 어린아이가 그중 하나를 주워들고 놀이방 벽난로 위 선반에서 따듯하고 안전하게 살게 해 주겠다고 약속하는 마음과 같았는지도 모른다. 어린아이는 그렇게 함으로써 자신이 대단한 위력을 행사함과 동시에 친절을 베풀고 있다는 생각에 흐뭇해하면서, 돌멩이도 수많은 돌 중에 자기가 선택되었다는 사실에 진심으로 기뻐할 것이고 춥고 축축한 길 위에서 살지 않아도 되는 행운에 감사할 것이라 믿는다. "수많은 다른 돌 중의 하나일 수도 있었는데 내가 선택된 거야! 내가, 내가 말이야!"

존이 그런 생각을 했는지 안 했는지는 모르지만 아무튼 그 유리알은 벽난로 위 선반에 쌓여 있는 청구서와 편지들 위에 묵직하게 놓였다. 아주 훌륭한 문진의 역할을 했을 뿐 아니라 젊은 존이 책에서 눈을 떼어 방안을 둘러보다가 자연스럽게 시선을 멈출 대상이 되어 주었다. 뭔가를 생각하면서 반쯤은 무의식적으로 어떤 물건을 반복해서 바라보다 보면, 어느새 물건이 생각 속에 깊숙이 용해되어 원래의 형태를 잃어버리고 머릿속에서 전혀 예상치 못했던 다른 존재로 재구성되는 법이다. 존은 어느새 길을 걷다 보면 골동품 상점의 진열장에서 시선을 떼지 못하는 자신을 발견하게 되었다. 그럴 때는 진열장 안에 있는 뭔가가 집에 있는 그의 유리알을 떠올리게 했기 때문이다. 뭐든 둥근 모양이기만 하면, 그 안에 꺼져가는 불씨 같은 것이 배어 있기만 하면, 그것이 도자기든, 유리든, 호박이든, 돌멩이든, 대리석이든, 아니면 선사시대 조류의 매끄러운 타원형 알이든 그의 관심을 끌었다. 존은 주로 땅을 보며 걸었다. 특히 이웃 주민들이 생활 폐기물을 내다 버리는 공터를 지날 때면 더 그랬다. 그런 곳에는 아무도 필요로 하지 않는 물건이나 형체도 알아볼 수 없이 파손된 물건들이 버려졌기 때문이다. 존은 한 달 사이에 네다섯 개의 물건을 수집해서 벽난로 위 선반에 진열해 놓았다. 그 물건들은 국회의원 출마를 앞둔 전도유망한 존이 유권자 명단, 정책 선언서, 기부금 호소문, 만찬 초대장 등 수많은 서류들을 정리하고 눌러 놓는 데 매우 유용했다.

어느 날 존은 선거구민에게 연설을 하기 위해 템플에 있는 집을 출발하여 기차역으로 향했다. 법원 건물을 지나는데 커다란 건물의 초석을 둘러싸고 있는 작은 잔디 화단에 반쯤 가려져 있는 물체가 눈에 띄었다. 그것을 건드려 보려면 화단의 철책 사이로 지팡이를 집어넣는 수밖에 없었다. 아주 특이한 형태의 도자기 조각 같았다. 불가사리 형태로 보였는데, 그렇게 다듬은 것인지 우연히 그런 형태로 깨진 것인지 알 수 없지만 다섯 개의 꼭짓점이 있는 것만은 틀림없었다. 전체적으로 파란색이었으며 초록색 줄무늬 같기도, 점 같기도 한 것이 덮여 있었다. 그리고 그 위로 보이는 진홍색의 선들이 그것을 한층 돋보이게 했다. 존은 반드시 그것을 손에 넣어야겠다고 마음먹었다. 그러나 지팡이 끝으로 건드릴수록 그 물체는 점점 더 안으로 깊숙이 들어갔다. 결국 존은 다시 집으로 돌아가 지팡이 끝에 철사로 고리를 만들어 달았다. 그리고 다시 돌아와 심혈을 기울인 끝에 도자기 조각을 손이 닿는 곳까지 끌어낼 수 있었다. 그것을 손에 넣는 순간 존은 쾌재를 불렀다. 동시에 시계가 울렸다. 약속을 지킨다는 것은 이제 선택의 여지가 없는 일이 되었다. 행사는 그가 없는 채로 진행되었다. 도자기가 어떻게 이런 기막힌 형태로 깨졌을까? 세밀하게 관찰을 해 본 결과 별모양은 우연히 나온 게 분명했다. 그래서 더 신비하고 세상에 둘도 없는 귀한 물건으로 느껴졌다. 벽난로 위 선반에, 모래밭에서 파낸 유리알의 반대편 끝에 올

206

려놓으니 알록달록한 옷을 입은 어릿광대처럼 별스러우면서도 화려한 것이 마치 딴 세상에서 온 물건처럼 보였다. 허공에서 빙그르르 유희를 하면서 반짝이는 별 같았다. 그는 밝게 시야를 자극하는 도자기와 조용하고 사색적인 유리알의 극명한 대조에 매료되었다. 그 두 물체가 한 방에, 그것도 좁은 선반에 나란히 놓이게 되었다는 사실은 차치하고라도 그 둘이 어떻게 같은 세상에 존재할 수 있는지조차 신기하다는 생각이 들었다. 하지만 그 궁금증에 대한 해답은 얻을 수 없었다.

이제 존은 철도 사이에 난 공터나 가옥 철거 현장, 런던의 공유지처럼 깨진 도자기들이 많을 법한 곳들을 뒤지기 시작했다. 하지만 고층 건물에서 도자기를 던지는 경우는 흔하지 않았다. 사람이 좀처럼 하기 힘든 행동이지 않은가. 그런 일이 있으려면 고층 건물이 있어야 하고, 동시에

207

아래에 누가 있든 상관하지 않고 도자기 항아리나 화병을 던질 정도로 무모한 이가 거기 살아야 했으니까. 깨진 도자기는 많았으나 특별한 목적이나 특징 없이 가정에서의 소소한 실수로 깨진 것들이었다. 그럼에도 불구하고 존은 그 일에 점점 깊이 빠져들면서 종종 놀라운 경험을 하게 되었다. 런던에서만도 다양한 형태의 조각을 무수히 발견할 수 있었으며, 그 재질과 디자인의 다양성까지 고려하면 경이로움은 배가되었다. 그중에 특히 눈에 띄는 것은 집으로 가져와 벽난로 위 선반에 올려놓았다. 하지만 이제 그것들의 기능은 점차 장식적인 것으로 바뀌어 가고 있었다. 문진으로 눌러야 할 서류들이 점점 적어지고 있었기 때문이다.

존이 자신의 업무를 소홀히 했기 때문일 수도 있고, 별생각 없이 대충 일을 처리해서였을 수도 있다. 아니면 선거구의 유권자들이 그의 집을 방문했다가 벽난로 위 선반에 있는 잡동사니들을 보고 좋지 않은 인상을 받아서였을 수도 있다. 아무튼 존은 국회의원으로 당선되지 못했다. 그의 친구 찰스는 그 일에 대해 몹시 안타까워하면서 서둘러 존을 위로하러 왔다. 그리고 정작 존이 그 일에 대해 별로 대수롭지 않게 여기는 것을 보면서도, 너무 심한 충격을 받아서 곧바로 현실을 받아들이지 못하는 거라고 생각했다.

사실 그날 존은 반즈 커먼에 갔다가 가시금작화 덤불 밑에서 몹시 신기한 쇳조각을 찾았다. 형태로 보면 유리알과 매우 흡사했는데, 그 새까만 쇠붙이가 어찌나 차갑고 묵직했던지 지상의 물체 같지 않고 어느 죽은 별이나 달에서 떨어져 나온 것 같았다. 주머니에 넣었더니 주머니가 축 늘어질 정도였으며, 벽난로 위 선반에 올려놓으니 선반이 아래로 쳐지는 것 같았다. 물체에서는 차가운 빛이 나왔다. 운석 조각 같은 그 물체와

209

유리알, 별모양의 도자기 조각이 선반 위에 나란히 놓였다.

자신의 수집품을 하나씩 들여다볼 때면, 존은 그것들을 능가하는 물체를 가지고 싶다는 열망에 시달렸다. 그는 점점 더 결연히 탐색에 전력을 기울였다. 언젠가 진기한 잡동사니를 무더기로 발견하면 모든 노고가 보상될 것이라는 야심과 확신이 없었다면, 그가 참아내야 했던 피로와 조롱은 차치하고라도 그 과정에서 마주해야 했던 숱한 실망감들 때문에라도 그는 그 일을 포기했을 것이다. 끝에 고리를 단 긴 막대를 들고 가방을 둘러맨 존은 흙더미를 보이는 대로 뒤지고 다녔으며 무성한 관목들 밑을 긁어보았다. 그가 찾는 물건들이 버려질 것 같은 골목과 벽 사이의 공간들도 뒤졌다. 수집하는 물건에 대한 기준이 높아지고 취향이 까다로워질수록 수시로 마주해야 하는 실망감도 커졌다. 하지만 언제 신기한 표식이 있거나 특이하게 깨진 도자기나 유리 조각을 발견하게 될지 모른다는 한 줄기 희망이 그를 옭아맸다. 존은 하루하루를 그렇게 보냈다. 그는 더 이상 젊지 않았고 정치가로서 그의 이력은 이제 과거의 일이 되었다. 사람들은 더 이상 그를 찾아오지 않았으며, 저녁 식사에 초대하기에 그는 너무 말이 없는 사람이 되어 있었다. 자신의 진지한 열망에 대해 누구에게 얘기하는 법도 없었다. 그들의 태도를 보면 그들이 자신을 이해하지 못하고 있다는 것을 알 수 있었기 때문이다.

존은 의자에 기대앉아서 찰스가 정부의 행정 처리에 대해 열변을 토하면서 벽난로 위 선반에 있는 돌을 수없이 들었다 놨다 하는 모습을 지켜보고 있었다. 하지만 찰스가 그 물건들의 존재에 관심을 두는 것 같지는 않았다.

"존, 자네 도대체 어떻게 된 건가?" 찰스가 느

닷없이 돌아서서 존을 똑바로 쳐다보며 물었다.

"왜 그렇게 한순간에 포기해 버린 거지?"

"난 포기하지 않았어." 존이 대답했다.

"하지만 지금 자네에겐 기회가 남아 있지 않아." 찰스가 단호한 어조로 말했다.

"그 점에 대해선 자네 말에 동의할 수 없네." 존이 확신을 가지고 말했다. 찰스는 존을 바라보면서 마음이 몹시 착잡해졌다. 야릇한 의심이 그의 뇌리에 자리 잡기 시작했다. 그와 존이 각기 다른 이야기를 하고 있는 듯한 느낌이 들어서였다. 나락으로 떨어지는 것 같은 절망감을 달래기 위해 방 안을 둘러보았다. 그러나 어수선한 방 안의 모습이 그를 더욱 암울하게 했다. 저 나무 막대는 뭐고 벽에 걸린 낡은 카펫 가방은 뭐지? 그리고 저 돌들은? 찰스는 존을 바라보았다. 확신에 차 있지만 먼 곳에 있는 듯한 그의 표정을 보니 정신이 번쩍 들었다. 존은 이제 단상에 오르는 일조차 불가능해 보였다.

"참 아름다운 돌이군." 찰스는 가능한 한 밝은 어조로 이렇게 말했다. 그러고는 중요한 약속이 있다는 말을 남기고 그를 떠났다. 영원히.

월요일 또는 화요일

Monday or Tuesday

게으르고 무심하게, 두 날개를 하나 어려움 없이 펄럭이며 공중을 가른다. 가야 할 길을 아는 왜가리가 하늘 아래 교회를 넘어 날아간다. 하얗게, 멀리, 끝없이 펼쳐진 하늘에 가렸다 드러났다, 움직였다 고정됐다 하면서. 호수? 해안가는 말끔히 지워버려! 산? 오, 완벽하지. 태양이 산기슭을 황금으로 물들이고 있잖은가. 폭포를 따라 내려가면, 고사리가, 아니면 흰 깃털들이, 여기저기 언제까지나 ―

진실을 갈망하고, 기다리면서, 몇 마디 정수의 말을 힘겹게 뽑아내며, 언제까지나 갈망하면서 ― (한 외침이 왼쪽에서 들려온나. 또 나른 외침이 오른쪽에서 들린다. 바퀴들이 사방으로 돌진한다. 승합차들이 한데 뒤엉킨다.) — 언제까지나 갈망하면서 — (시계가 명징한 열두 번의 종소리로 정오를 알린다. 빛이 황금빛 비늘을 떨군다. 아이들이 몰려다닌다.) — 언제까지나 진실을 갈망하면서. 붉은색은 둥근 지붕, 나무에는 동전들이 걸렸고, 굴뚝에선 연기가 긴 꼬리를 남기며 피어오른다. 개 짖는 소리, 고함지르는 소리, "철물 사세요!" 외치는 소리 — 그런데 진실은?

코끝까지 반짝이는 남자들의 발, 여자들의 발. 검정칠, 금칠된 구두를 신었지 — (오늘 안개 참 자욱하네요 — 설탕을 넣을까요? 아니, 괜찮습니다 — 미래의 영국연방이) — 벽난로 불길이 솟구쳐 방 안을 붉게 물들인다. 사람들의 검은 형체와 반짝이는 눈만을 제외하고. 밖에서 화물차가 짐을 내리는 동안, 싱거미 양은 책상에서 홍차를 마신다. 판유리가 모피 코트를 보호한다. —

으스대다가, 잎사귀처럼 가볍게 모퉁이를 떠돌고, 은빛 바퀴 사이로 붙어가다, 집이 있거나 없다가, 모였다 흩어졌다, 저울질을 하다 제풀에 지치다가, 위로 쏠려갔다 아래로 내려갔다가, 찢겼다가 가라앉았다가 정돈된다. — 그런데 진실은?

이제 흰색 네모난 대리석 위의 난롯가에 앉아 회상에 잠긴다. 아이보리색 심연에서 단어들이 떠올라 어둠을 떨치고, 피어나 꿰뚫는다. 책이 떨어진다. 불꽃 속에, 연기 속에, 순간의 타오름 속에 — 아니, 지금 항해 중인지도. 네모난 대리석 펜던트, 그 아래 뾰족탑과 인도양, 대기가 푸르게 물들고 별이 빛나는 동안 — 진실은? 아니면 지금, 진실에 가까워졌다고 만족하는가?

게으르고 무심하게 왜가리는 돌아온다. 하늘은 별빛에 베일을 드리웠다가, 이내 걷어낸다.

현악 사중주

The String Quartet

자, 도착했다. 밖으로 눈을 돌리면 지하철과 전차, 승합차, 개인용 마차들이 보일 것이다. 한두 개가 아니며, 내닫이창이 달린 랜도 마차(말과 접이식 덮개가 달린 4륜마차—옮긴이)도 있을지 모르겠다. 모두 런던의 한쪽 끝에서 반대편 끝까지 거미줄처럼 선을 그리며 바삐 오간다. 그럼에도 의심이 생기기 시작한다.

만약 사람들이 하는 말이 사실이라면. 리전트가는 저 위쪽에 있고, 조약(1919년 6월 28일에 체결된 베르사이유 조약을 말한다—옮긴이)이 체결되었으며, 계절에 비해 춥지 않은 날씨이며, 그 정도의 월세로도 방을 구할 수 없으며, 최악의 인플루엔자는 그 후유증이라면. 만약 내가 식료품 저장고에 물이 샌다고 신고하는 것을 깜박 잊고 있었으며, 장갑을 기차에 두고 내렸다는 걸 생각해 낸다면. 혈연관계인 누군가가 자기도 마지못해 내민 손을 내가 몸을 숙여 공손히 맞잡아야 한다면 ―

"우리 7년 만에 만나는 거네요!"

"지난번에는 베니스에서 만났죠."

"지금은 어디 사세요?"

"음, 저는 늦은 오후가 좋은데요. 괜찮으시다면 말이죠."

"하지만 저는 당신을 바로 알아봤어요!"

"그래도, 전쟁이 멈춰서……"

그렇게 작은 화살들이 마음을 관통한다면, 그리고 한 개의 화살이 날아가는 동안 또 하나의 화살이 시위를 떠난다면(인간 사회가 이렇게 강요하므로). 그래서 긴장이 조성되고, 거기에 전깃불까지 켠다면. 대개 그렇듯이 한 가지를 말함으로써 그것을 개선하고 수정해야 할 필요를 남기며, 가외로 후회, 쾌락, 허영, 욕망을 촉발한다면. 만약 내 말이 모두 사실이고 결국 표면적으로 드러나는 건 모자, 모피 목도리, 신사의 연미복, 진주가 박힌 넥타이핀 같은 것들이라면, 무슨 희망이 남아 있을까?

무엇에 대한 희망 말인가? 이유를 설명하기는 매 순간 어려워진다. 이제 나는 그게 무엇인지도 말할 수 없고 또는 그 일이 일어났던 때를 기억조차 할 수 없다는 생각으로 여기 앉아 있다.

"행렬 보셨어요?"

"왕이 추워 보였어요."

"아니, 아니에요. 그게 뭐였죠?"

"그녀가 맘즈베리에 집을 샀어요."

"맘에 드는 집을 찾았다니 다행이네요!"

하지만 나는 그녀가 어떤 사람이든 참 안됐다는 생각이 든다. 모든 문제가 아파트와 모자, 갈매기로 귀결된다는 게 말이다. 아니, 사방이 벽으로 둘러쳐진 이곳에 정장과 모피를 차려입고 포식한 배를 두들기며 앉은 백여 명의 사람들에게는 그렇겠지. 그렇지만 내가 잘난 척을 할 상황은 아니다. 나 역시 금장 장식이 된 의자에 어색하게 앉아서, 묻혀 있는 기억을 찾아 땅을 헤집고 있으니까. 우리 모두가 그러하듯. 내가 잘못 이해한 게 아니라면, 우리는 모두 뭔가를 회상하고 은밀하게 뭔가를 찾아 헤매고 있다. 각종 신호를 보면 알 수 있다. 예컨대 왜 지루해하지? 왜 망토나 장갑을 가지고 어쩔 줄 모르고, 단추를 끼어야 할지 말아야 할지 갈등하는 거지? 그럴 바엔 저 어두운 캔버스에 그려진 늙은 얼굴을 바라봐. 조금 전에는 점잖게 홍조를 띠고 있었는데, 지금은 무뚝뚝하고 슬퍼 보여, 마치 그늘이 진 것처럼. 대기실에서 난 소리는 제2 바이올린이 조율하는 소리였나? 저기 온다. 검은 옷을 입은 네 사람이 악기를 들고 들어와 쏟아지는 조명 아래 놓인 흰색의 사각형을 마주하고 앉는다. 활 끝을 보면대에 얹었다가 동시에 들어올려 가볍게 자세를 취한다. 그러고는 앞에 앉은 연주자를 본다. 제1 바이올린 주자가 수를 센다. 하나, 둘, 셋―

풍성하고 가볍게, 튀어 오르듯, 고조되다가 터져 나온다! 산꼭대기에 서 있는 배나무. 솟구치는 분수, 쏟아져 내리는 물방울. 론 강물은 빠르고 깊게 아치 아래로 흐르며 수초들을 쓸어내려 은빛 물고기 위에 드리운 그늘을 벗긴다. 점박이 물고기는 급류에 쓸려 소용돌이 속으로 빨려가고, 모든 물고기가 한데 모여든다. 튀어 오르고 첨벙거리며 날카로운 지느러미로 긁는다. 들끓는 물살에 노란 조약돌이 돌고, 돌고, 또 돌다가 마침내 풀려나 자유로이 떠내려간다. 아니, 절묘한 나선형을 그리며 눌 위로 튀어 오른다. 대패

223

밑으로 나오는 대팻밥처럼 돌돌 말려 위로, 위로 올라간다…… 미소 띤 얼굴로 가벼운 발걸음을 내디디며 세상을 헤쳐나가는 사람들의 선함은 얼마나 사랑스러운가! 아치 아래 쪼그리고 앉은 명랑한 어부의 아내의 선함도. 음란한 늙은 여자들도. 이리저리 활보하면서 얼마나 호탕하게 웃고, 흔들고, 구르는가, 흠, 하!

"모차르트 초기의 음악이네요. 물론……"

"그렇지만 그의 곡조가 다 그렇듯이 사람을 절망하게 하죠. 아니, 희망이라고 하려던 거였어요. 무슨 말을 하는 거냐고요? 최악의 음악이라는 거예요! 나는 춤추고, 웃고, 분홍색 노란색의 케이크를 먹고, 맑고 짜릿한 와인을 마시고 싶어요. 아니면 외설적인 이야기를 하거나. 이제 그런 걸 즐길 수 있답니다. 나이가 들어갈수록 그런 걸 더 좋아하게 되는 법이니까요. 하, 하! 내가 왜 웃는 거죠? 당신은 아무 말 하지 않았고,

저 맞은편에 앉은 노신사도…… 그렇지만 아마
도…… 아마도…… 쉿!"

우울의 강이 우리를 싣고 간다. 길게 늘어진
버드나무 가지 사이로 달빛이 비칠 때 나는 당
신의 얼굴을 보고, 당신의 음성을 듣는다. 우리
는 고리버들 밭을 지나며 새들의 노래를 듣는다.
당신은 무엇을 속삭이는가? 슬픔, 슬픔. 기쁨, 기
쁨. 달빛 아래 갈대처럼 엮이고 도저히 뗄 수 없
을 정도로 뒤엉켜 고통 속에 속박되고 슬픔 속에
흩뿌려진다. 그리고 꽝!

배가 가라앉는다. 형상들이 떠오른다. 잎사귀
처럼 얇고, 어스름한 환영처럼 야윈 불꽃 같은
형상들이 내 가슴에서 이중의 열정을 끌어낸다.
그것은 나를 위해 노래하고, 나의 슬픔을 열어
그 속에 연민을 풀어 넣는다. 태양이 없는 이 세
상에 사랑이 흘러넘치게 한다. 멈추지 않고, 애
틋함을 해치지도 않으면서, 능숙하고도 섬세한

225

솜씨로 안으로 밖으로 엮어든다. 이러한 양식, 이러한 완성을 통해 갈라진 것들이 통합될 때까지, 솟구치고, 흐느끼고, 가라앉고, 내려놓고, 슬프고도, 기쁘다.

그런데 왜 슬퍼하는가? 뭘 원하는데? 여전히 만족하지 못한다고? 나는 모든 게 다 해결됐다고 생각하는데. 그렇다. 떨어지는 장미 잎사귀를 덮고 누워 휴식을 취한다. 아래로, 아래로 떨어진다. 아, 그러다가 멈춘다. 아득히 높은 곳에서 장미 잎사귀 하나가 떨어진다. 보이지 않는 풍선에서 내려온 낙하산처럼 돌고 나부끼고 넘실대면서. 하지만 우리에게 이르지는 못할 것이다.

"아니, 아니오. 저는 못 느꼈어요. 최악의 음악이네요. 어리석은 꿈 같아요. 제2 바이올린의 박자가 늦었다고요?"

"저기 먼로 부인이 있네요. 매년 더 눈이 나빠져 더듬거리며 가고 있어요. 가여워라. 바닥도 미끄러운데 말이에요."

앞 못 보는 백발의 스핑크스…… 그녀가 포장
도로 위에 서서 빨간 승합차를 향해 손을 흔든
다.

"정말 멋져요! 연주가 훌륭하네요! 어쩜— 어
쩜— 어쩜!"

혀는 종에 달린 추에 불과하다. 단순함 그 자
체. 옆에 앉은 사람의 모자 깃털이 아이의 방울
처럼 밝고 경쾌하다. 플라타너스 잎사귀가 커튼
사이로 초록빛을 반짝인다. 매우 낯설고, 매우
설렌다.

"어쩜— 어쩜— 어쩜!" 쉿!

잔디밭에 있던 연인들이다.

"부인께서 제 손을 잡아주신다면……"

"저는 진심으로 당신을 믿고 싶어요. 게다가
우리는 연회장에 우리 몸을 두고 나왔지요. 잔디
위에 있는 것은 우리 영혼의 그림자예요."

227

"그렇다면 이건 우리 영혼의 포옹이군요." 레몬이 동조하듯 대롱거린다. 백조 한 마리가 강둑에서 나와 물 한가운데로 꿈처럼 떠간다.

"하던 얘기로 돌아갈게요. 그는 복도로 나를 따라왔고, 모퉁이를 돌아서는데 내 페티코트 레이스를 밟았어요. 제가 '아!' 하고 소리치며 멈춰서서 손가락으로 그곳을 가리키는 것 말고 뭘 할 수 있었겠어요? 그랬더니 그가 칼을 꺼내 들고 뭔가를 찔러 죽이는 시늉을 하며 외치더라고요. '미쳤군! 미쳤군! 미쳤어!' 하고 말이죠. 저도 소리를 질렀죠. 그러자 내닫이창가에 앉아 피지로 만든 커다란 책에 뭔가를 적고 있던 왕자가 벨벳 모자와 털 달린 슬리퍼 차림으로 나서서 벽에 걸려 있던 펜싱 칼을 집었어요. 그건 스페인 왕이 보낸 선물이었거든요. 저는 그 사이에 도망쳐 나왔어요. 망토를 둘러 손상된 스커트자락을 감추고 말이죠. 가리려고요…… 들어보세요! 나팔소리예요!"

　신사들은 숙녀의 말에 얼른 응수를 했고, 호의
적인 반응을 끌어낸 그녀는 신이 나서 더욱 열정
적으로 떠들었다. 그러다 보니 말이 뒤엉켜 알아
들을 수 없었다. 뻔한 이야기들이긴 했지만. 사
랑, 웃음, 도피, 추격, 천상의 행복 같은 것들이
애정 어린 유쾌한 물결을 타고 떠돌았다. 그러다
가 멀리서 은나팔 소리가 들리기 시작했다. 처음
에는 멀리 들리던 나팔 소리가 점점 가깝고 선명
해졌다. 집사들이 새벽을 맞이하는 소리 같기도
했고, 연인들의 도피를 알리는 불길한 곡조 같기
도 했다. 녹색의 정원, 달빛이 비치는 수영장, 레
몬, 연인들, 그리고 물고기들이 오팔 빛깔의 하
늘에 녹아 있었다. 그 하늘을 가로지르는 나팔
소리에 트럼펫이 합세하고, 클라리넷이 지원을
하면서 대리석 기둥에 흰색 아치가 견고하게 세
워졌다. 발자국 소리와 트림펫 소리. 쨍그랑거리

는 소리, 뎅그렁거리는 소리. 견고한 체제, 확고한 기초. 무수한 행진. 혼돈과 무질서가 땅을 밟는다. 그러나 우리가 여행하는 이 도시에는 돌도 대리석도 없다. 다만 견디며 버틴다. 흔들림 없이 서서. 인사를 건네거나 맞아주는 얼굴도 깃발도 없다. 그렇다면 희망을 버리고, 사막처럼 기쁨을 말려야 한다. 벌거벗은 진군. 누구에게도 상서롭지 않고, 그늘조차 드리우지 않는 헐벗은 기둥이 지독히 반짝인다. 나는 뒤로 처진다. 더이상 열망하지 않는다. 다만 가고 싶을 뿐, 길을 찾고 빌딩들을 분간하면서, 사과 장수 아주머니에게 인사를 건네고, 문을 열어주는 하녀에게 말을 건네고플 뿐. 별이 많은 밤이라고.

"좋은 밤 되세요, 좋은 밤. 이쪽으로 가세요?"
"어쩌죠, 저는 저쪽으로 가는데요."

유령의 집

A Haunted House

몇 시에 잠이 깨도 문 닫히는 소리가 들렸다.
그들은 손을 잡고 방마다 돌아다녔다. 여기를 들
춰보고 저기를 열어보면서 뭔가를 확인하는 듯
했다. 유령 부부였다.

"여기 두고 갔는데 말이죠."

그녀가 말하자 그가 덧붙였다.

"아, 여기에도!"

"위층에도 있을 거예요."

그녀가 중얼거렸다.

"그리고 정원에도."

그가 속삭였다.

"조용해야 돼요."

그들이 말했다.

"안 그러면 저들을 깨울 수도 있으니."

하지만 우리가 깬 건 당신들 때문이 아니다. 전혀 아니다. "그들이 그걸 찾는 중이군. 이제는 커튼을 젖히고 있고." 이렇게 말하곤 한두 페이지 더 읽을 수도 있다. "찾아냈다." 여백에 연필을 멈춘 채 이렇게 확신할 것이다. 그러고는 읽기에 싫증이 나서, 몸을 일으켜 직접 둘러볼 것이다. 집은 텅 비었고 문은 열려 있으며 산비둘기만이 꾸르륵 편안한 울음을 울고 농장에서 탈곡기 돌아가는 소리가 들릴 것이다. "내가 왜 여기 들어왔더라? 뭘 찾으려던 거였지?" 두 손은 비어 있다. "그럼 위층에 있나?" 다락에는 사과가 있었다. 다시 아래로 내려왔다. 정원은 여전히 고요했고 읽던 책만이 잔디 위에 미끄러져 누워 있을 뿐이었다.

하지만 그들은 응접실에서 그것을 찾아냈다.

234

그들을 본 사람이 있었던 건 아니다. 창문에 사과가 비쳤고, 장미꽃이 비쳤다. 창문에 비친 잎사귀는 모두 초록이었다. 그들이 응접실에서 움직이면 창문에 비치는 사과가 노란색을 띠었다. 하지만 잠시 후 문이 열리고, 바닥에 흩어지고, 벽에 걸리고, 천장에 매달린다면 ― 뭐가? 두 손은 비어 있다. 카펫에 개똥지빠귀의 그림자가 졌다. 고요의 심연에서 산비둘기 꾸르륵거리는 소리가 들려왔다. "안심해, 안심해, 안심해." 맥박처럼 집이 나직이 속삭였다. "보물이 묻혀 있어. 그 방에……" 잠시 맥박이 멈추었다. 아, 묻혀 있는 보물이 저거였나?

잠시 후 빛이 흐려졌다. 그럼 정원에 있을까? 여전히 배회하는 햇살을 위해 나무들이 어둠을 직조하고 있다. 내가 찾는 너무도 가냘프고 진귀한 그 빛은 표면 아래 가라앉아 언제나 유리창 너머에서 타오르고 있나. 죽음은 유리창이었다. 우리 사이에 죽음이 있었다. 수백 년 전 그녀를 먼저 찾아와 데려갔다. 그 후 집의 모든 창문이 닫히고 방은 캄캄해졌다. 그는 집을 떠나고, 그녀를 떠나, 북쪽과 동쪽으로 돌아다녔고, 남쪽 하늘에서 별이 뜨는 것을 보았다. 그리고 집을 찾아다니다가 다운즈(영국 남쪽 지역 도로변—옮긴이) 아래 떨어져 있는 그것을 찾았다. "안심해, 안심해, 안심해." 집의 맥박이 반겼다. "보물은 네 거야."

가로수가 늘어선 길에 성난 바람이 분다. 나무들이 이리저리 굽어지고 휘어진다. 빗속에 달빛이 흩어져 여기저기 흥건히 고인다. 그러나 램프의 불빛은 창문에서 일직선으로 떨어진다. 촛불은 곧고도 잔잔히 타오른다. 집 안을 구석구석 돌아다니며 창문을 열고, 우리를 깨우면 안 된다고 소곤거리면서 유령 부부는 자기들만의 즐거운 추억을 찾아 헤맨다.

"우리는 여기서 잤지요."

그녀가 말했다. 그러자 그가 응수했다.

"셀 수 없을 만큼 키스를 했어요."

"아침에 잠이 깨면……"

"나무들 사이로 은빛의……"

"위층에서……"

"정원에서……"

"여름이 되면……"

"겨울에 눈이 내리면……"

멀리서 문이 닫히며, 심장박동처럼 부드럽게 부딪히는 소리가 들려온다.

그들이 점점 다가온다. 문간에 선다. 바람이 잦아들고 빗방울이 은빛 줄기를 그리며 유리창에 미끄러진다. 우리의 시야는 어두워지고 주변에 발자국 소리도 들리지 않는다. 유령 망토를 휘날리는 여자도 보이지 않는다. 그의 손이 전등을 감싼다.

"봐요."

그가 조용히 속삭인다.

"깊이 잠들었어요. 입술에 사랑이 묻어 있군요."

몸을 굽히고 우리 위로 은빛 전등을 비춘다. 그러고는 오래도록 자세히 우리를 들여다본다. 그렇게 한동안 움직이지 않는다. 바람이 훅 불어오자 불꽃이 살짝 흔들린다. 밝은 달빛이 벽과 바닥을 비추고 구부린 얼굴들에 그림자를 드리운다. 두 개의 얼굴이 잠들어 있는 우리를 뜯어보며 은밀히 즐긴다.

"안심해, 안심해, 안심해." 집의 맥박이 호기롭게 뛴다.

"오래 전에……"

그가 한숨을 짓는다.

"당신이 또다시 나를 찾아냈어요."

"여기서."

그녀가 혼잣말처럼 중얼거렸다.

"잠도 자고, 정원에서 책도 읽고, 다락에서 사과를 굴리며 웃었죠. 여기에 우리 보물을 두고……"

그들이 몸을 구부리자 불빛이 내 눈꺼풀을 들어올렸다.

"안심해! 안심해! 안심해!" 집의 맥박이 마구 고동쳤다.

나는 잠에서 깨면서 소리쳤다.

"오, 당신들이 묻어둔 보물이 이건가요? 마음속에 있는 빛 말이에요."

버지니아 울프
: 장면 만들기의 마술사

손현주

버지니아 울프는 20세기를 대표하는 영문학의 거장이다. 하지만 그의 작품을 읽은 사람은 생각보다 많지 않다. 사실 울프의 작품들은 읽기에 그리 만만치 않기 때문이다. 기승전결을 갖춘 사건 중심의 이야기가 아니라 인간 내면을 의식의 흐름을 따라 서술하거나, 마치 피카소나 샤갈 등 인상파 화가들처럼 하나의 장면을 다각적으로 묘사하기도 한다. 과거와 현재를 넘나들고 이 사람 저 사람의 내면과 기억을 아우르는 실험적 형식이, 이런 글에 익숙하지 않은 독자들에게는 혼란스럽고 어렵게 느껴진다. 게다가 울프 특유의 섬세한 표현과 한국과 영국 사이에 놓인 지리적·문화적 차이, 빅토리아조(1837~1901년)에 태어나 20세기 초반을 살았던 울프와 우리 사이에 놓여진 100년이란 시간의 간극이 작품을 이해하기 더 어렵게 만든다. 지리와 환경의 차이가 문학을 이해하는 데 어떻게 영향을 주는지 필자의 경험을 예로 들어보겠다.

셰익스피어 소네트에 "그대를 여름날에 비할까 (Can I compare thee to a summer's day)"라는 유명한 구절이 있다. 대학 시절 이 시를 처음 읽었을 때, 왜 하필 사랑하는 연인을 '여름날'에 비유할까라는 의문이 들었다. 한국인으로서 '여름'은 숨 막히는 더위와 뜨거운 태양이 연상될 뿐이었다. 이 의문은 영국에서 몇 년을 생활하며 풀렸다. 영국의 여름은 비바람 부는 어둡고 습한 겨울이 지나고 시작되는, 햇살 가득한 따스하고 쾌적하며 꽃과 초록이 만발한 생동감 넘치는 가장 아름다운 계절이라는 것을 알게 되었기 때문이다. 셰익스피어가 연인의 아름다움을 비유한 '여름날'은 영국의 여름을 알아야 비로소 이해할 수 있는 표현이었던 것이다.

이렇듯 외국 문학을 읽고 즐기기 위해서는 넘어야 할 장애물이 여럿 있지만, 역설적으로 그러한 어려움은 우리를 더욱더 작품 속 미지의 세계로 여

행하고 탐험하도록 유혹하는 매력이기도 하다. 울
프의 작품들은 어려운 만큼 그 보답으로 주어지는
재미와 보람이 알차고 풍성하다. 이번에 더퀘스트
출판사에서 내놓은 울프의 단편 모음은 깔끔하고
매끄러운 번역으로 독자들을 울프의 작품세계로
안내하는 좋은 길잡이가 되어줄 것이다.

버지니아 울프는 1882년 런던의 중상류층 가정
에서 태어났다. 아버지 레슬리 스티븐은 빅토리아
시대의 저명한 문인으로 우리에게도 잘 알려진 토
머스 하디, 토머스 칼라일 등과 교류했고,《허영의
시장(Vanity Fair)》을 쓴 윌리엄 새커리의 딸 미니 새
커리와 결혼했다. 불행히도 미니는 딸 로라를 낳고
일찍 세상을 떠났다. 어린 딸을 홀로 키우던 레슬
리 스티븐은 아름다운 미망인 줄리아 덕워스를 만
나 재혼한다. 줄리아는 어려서부터 미모로 유명해
라파엘 전파 화가들이 추앙하던 모델이었다. 귀족
인 허버트 덕워스와 결혼해 세 명의 아이를 낳고
동화 같은 삶을 살았지만 24세 때 남편이 낙마 사
고로 목숨을 잃자, 줄리아는 미모를 숨기고 상복을

입은 채 봉사와 희생의 삶을 살기로 마음먹는다. 그러던 중 아픈 딸을 홀로 키우던 레슬리 스티븐에게 도움을 주다가 그의 열렬한 구애를 받고 재혼한다. 이들 부부는 각자 이전의 결혼에서 태어난 네 명의 아이들과 둘 사이에 새로 태어난 네 명(바네사, 토비, 버지니아, 아드리안) 도합 여덟 명의 아이들에 하인과 애완견까지 거느린 대가족을 이루었고 런던의 상류층이 거주하는 사우스 켄싱턴에 자리 잡았다. 켄싱턴 가는 길 건너에 하이드 파크와 켄싱턴 가든이 펼쳐져 있어 울프의 유년기 추억을 풍성하게 해주었다.

울프는 어려서부터 문학적 재능을 보였고 아버지 레슬리 스티븐은 딸을 자신의 문학적 후계자로 길러냈다. 비록 정규교육을 받지는 못했지만 가정교사를 통해 그리스 로마 고전을 배웠고, 아버지의 지도하에 역사와 전기문학, 자서전 등을 집중적으로 읽었다. 어머니 줄리아는 빅토리아 시대의 이상적인 여성상인 '집안의 천사(현모양처)', 즉, 희생적인 아내이자 어머니의 전형적인 모습이었다. 그녀는 여성의 본분은 결혼해 가정을 돌보는 것이라 믿었고 당시 거세지던 여성운동에 대해 부정적인 입장을 취했다. 그녀는 자신의 딸들이 대학에서 교육받는 것을 원치 않았고, 울프는 평생 그 부분을 아쉬워했다. 가족을 돌보고 가난하고 병든 이웃을 돕는 희생과 봉사의 삶을 이어가던 줄리아는 울프가 열세 살이 되던 1895년에 세상을 떠났다. 어머니의 죽음은 울프에게 깊은 트라우마를 남겼고 이때부터 시작된 정신질환은 평생 울프를 괴롭혔다. 줄리아가 죽은 후 화목했던 가정은 빛을 잃었다고 울프는 기록한다. 슬픔에 빠진 아버지는 서재에 틀어박혀 가족과 소통을 끊었고 남자형제들은 대학에 다니느라 집을 떠나 있었다. 그 사이, 울프는 세 살 터울인 언니 바네사와 서로 의지하며 각자 작가와 화가의 꿈을 키웠다. 울프는 20세 무렵부터 〈타임스〉지 문예란에 정기적으로 글을 기고하기 시작했고 이 작업은 이후 수십 년간 지속되어 600여 편이 넘는 에세이를 남겼다.

1904년 아버지 레슬리 스티븐이 사망하자 이들 자매는 남자형제인 토비, 아드리안과 함께 보수적인 켄싱턴을 떠나 보헤미안적인 분위기의 블룸즈버리로 이사했다. 블룸즈버리는 당시 진보적 지성과 예술가들이 주로 모여 살던 장소로, 기존에 거주하던 켄싱턴과는 전혀 다른 분위기였다. 울프 자매는 빅토리아조의 전통에서 벗어나 20세기의 새로운 시대로 이사 온 셈이었다. 울프와 바네사는 토비가 케임브리지 대학교에서 만난 친구들과 정기적으로 함께 모여 문학과 예술, 정치, 사회 문제에 대해 열띤 토론을 하며 친목을 다졌는데, 이것이 유명한 '블룸즈버리 그룹'의 시작이었다. 이 모임에는《인도로 가는 길(A Passage to India)》,《전망 좋은 방(A Room with a View)》등으로 널리 알려진 소설가 E.M. 포스터, 피카소, 모네, 마네, 고흐와 고갱 등 후기인상파 화가들을 영국에 소개한 미술사가 로저 프라이, 전기작가 리튼 스트레치, 경제학자 존 메이너드 케인즈 등 우리에게도 잘 알려진 인물들이 포함되어 있다. 버지니아 울프는 이 모임에서 작가이자 정치사상가인 레너드 울프와 만나 결혼한다.

울프는 결혼 후 첫 장편소설《출항(The Voyage Out)》(1915)을 출간했는데, 결혼과 첫 소설 출판이라는 커다란 일들이 원인이 되었는지 일상생활이 어려울 정도로 정신질환이 심해진다. 남편 레너드 울프는 아내의 건강을 위해 런던 교외의 리치몬드로 이사하고 책을 좋아하는 울프가 할 수 있는 단순노동 소일거리를 찾아 중고 인쇄용 자판 세트를 구입한다. 이들 부부는 일일이 손으로 글자를 심어 자판을 짜고, 인쇄기를 밀고, 직접 종이를 꿰매 책을 만들었다. 이렇게 시작한 출판사는 그들이 살던 집 호가스 하우스의 이름을 따서 '호가스 출판사'라 명명되었다. 1917년 설립된 호가스 출판사는 울프의 작품과 T.S. 엘리엇의 《황무지(The Waste Land)》를 비롯해 블룸즈버리 그룹 멤버들의 글을 주로 출판했다. 이후 영국 최초로 프로이트 전집과 톨스토이와 도스도옙스키, 푸시킨 등 러시아 문호들의 작품을 번역·출판한 유서깊은 출판사로 지금도 건재하고 있다.

울프는 《출항》을 시작으로 《댈러웨이 부인(Mrs. Dalloway)》(1926), 《등대로(To the Lighthouse)》(1927), 《올랜도(Orlando)》(1928) 등을 계속 내놓았다. 울프는 의식의 흐름 기법으로 인간 내면을 섬세하고 흥미롭게 그려내는 데 성공해 제임스 조이스, 마르셀 프루스트, T.S. 엘리엇 등의 작가들과 더불어 모더니즘 문학의 최고봉으로 손꼽힌다. 특히 울프는 에세이와 비평, 소설 작품을 통해 여성문제에 지대한 관심을 기울였다. 1929년에 나온 《자기만의 방(A Room of One's Own)》은 여성주의 비평과 문학 연구에 있어 고전 중의 고전으로 꼽힌다. 이 책은 제목부터 전복적이다. 20세기 초만 해도 여성이 자기만의 방을 갖기는 어려웠다. 서양에서도 여성이 참정권과 재산권을 갖게 된 것은 1920년대에 이르러서야 비로소 가능했기 때문이다. 울프가 태어난 1882년은 빅토리아 여왕이 대영제국을 다스리던 빅토리아 시대 후반기였다. 당시 사회의 여성관은 여성이 있어야 할 곳은 가정이며, 여성의 임무는 아내와 어머니가 되는 것이었고 가족을 위해 자신을 낮추고 모든 것을 희생하는 여성을 '집안의 천사'로 추앙했다. 이러한 사회 분위기에서 울프는 여성이 작가가 되려면 "자기만의 방과 1년에 500파운드의 수입"이 필요하다는 과감한 주장을 폈다. 자신의 내면을 들여다보고 마음 놓고 글을 쓸 수 있는 물리적·심리적 공간과, 생계를 꾸리기 위한 돈을 버느라 시간과 에너지를 다 써버리지 않고 창작할 수 있는 경제적 여유가 필수라는 것이다. 울프의 주장은 당시로서는 상당히 파격적이었다.

작가가 되려 했을 때 울프는 여성적 경험과 감정을 표현하기에 적합한 형식과 문체가 정립되어 있지 않다는 것을 절감했다. 고전 작품과 모범이 되는 명문들은 거의 남성 작가들이 쓴 것으로, 남성들의 경험과 사고를 표현하는 데 적합한 반면, 여성 작가가 사용하기엔 어색하고 부자연스러울 수밖에 없었다. 그렇기에 울프는 여성 작가들을 뒷받침해 줄 문학 전통을 발굴하고 정립하고자 노력했다. 역사가적 안목과 작가적 상상력을 동원해 잊혀진 여성들의 지난한 삶을 재현해내는 작업도 그 일환이었다. 왕도 정치가도 장군도 아니었고 아이들을 키우며 가정에서 대부분의 삶을 살았던 여성들에 대해 쓰려면 '사실'보다 '상상력'에 의존해야 할 때가 더 많지만, 그럼에도 불구하고 사적인 편지와 일기 등을 근거로 복원해낸 여성들의 삶의 단편은 예리하기 그지없다. 《자기만의 방》에 에피소드로 등장하는 주디스 셰익스피어의 비극적 생애에 관한 이야기는 그중 가장 많이 논란이 되고 널리 알려졌다. '만일 엘리자베스 시대에 셰익스피어와 같은 문학적 재능을 타고난 여성이 있다면 그녀는 어떤 모습일까?'라고 질문하면서 울프는 윌리엄 셰익스피어의 가상의 여동생 주디스의 삶을 상상으로 재현한다.

여성으로 태어나 교육받지 못한 주디스는 오빠 윌리엄의 책을 몰래 훔쳐보고 홀로 상상의 나래를 펴며 런던의 무대와 연극을 꿈꾼다. 하지만 그녀는 부모의 강요로 이웃한 양모업자와 약혼하고, 어느 여름날 새벽 몰래 집을 나와 런던으로 간다. 당시 여성은 무대에 설 수 없었고, 갈데없는 소녀는 극단에서 허드렛일을 돕다가 단장의 아이를 임신한 채 어느 겨울날 달리는 마차에 몸을 던지고 만다는 슬픈 이야기이다. 엘리자베스 시대에 셰익스피어와 같은 예술혼이 여성의 몸에 갇혀 태어났다면 그녀는 광기로 자살하고 말았을 것이다라는 결론이다. 울프에 따르면 여성 작가는 홀로 탄생하는 것이 아니라 주디스같이 수많은 이름 없는 여성들이 이야기를 만들고, 노랫말을 지으며 면면히 이어온 전통이 존재하며, 그들이 비로소 18세기 이후 소설가가 되고 시인이 되어 오늘날에 이르렀다고 한다. 울프의 글쓰기의 바탕에는 이처럼 여성의 창조성과 여성 문학의 전통을 복원하기 위한 관심과 노력이 자리하고 있다. 울프는 누구보다도 여성들의 억눌린 삶에 대해 분노하고 여성의 평등과 자유를 위해 싸웠다. 그녀는 피켓을 들고 거리를 행진하는 대신 글로 투쟁했다. 메리 울스톤크래프트, 페니 버니 등 초창기 페미니스트 작가들뿐만 아니라 그 너머 셰익스피어 시대의 여성의 삶까지 현대로 불러내려 노력했던 것이다.

울프의 작품을 한층 더 이해하기 위해서는 울프의 창작 방식에 대해 알아볼 필요가 있다. 자전적 에세이집《기억의 소묘(A Sketch of the Past)》에서 울프는 자신을 작가로 만든 것은 "장면 만들기"라고 말한다. 기승전결의 플롯이 있는 이야기를 구성하는 대신 인상적인 장면을 시각적으로 묘사하는

251

것이다. 이는 전통적인 서술 기법보다 회화나 영화 장면을 보여주는 방식과 닮아 있다. 울프의 작품이 어려운 이유는 매 작품마다 새로운 시도와 실험을 하기 때문이기도 하다. 울프는 "1910년을 기점으로 인간의 본성이 변했다"고 주장하며 전통적 글쓰기를 거부하고 다양한 서술 방식을 실험했다. 1910년은 로저 프라이가 런던에서 후기 인상주의 화가들의 작품 전시회를 열었던 해이다. 마네, 세잔, 모네, 고흐, 고갱, 마티즈 등 후기 인상파 화가들의 작품은 영국 문화계에 커다란 충격을 주었다. 이들의 그림이 정확한 사물의 재현이 아니라 화가의 개인적 감각과 해석을 담았듯이, 모더니즘 소설의 핵심은 외적인 사건들이 아니라 개인의 내적 삶이 "진정한 삶(real life)"이라는 인식에 있다. 그리고 개인의 내적 경험은 검증 가능한 사실들을 통해 전달할 수 없는 영역이다.

당대의 저명한 작가 아놀드 베넷은 울프를 비롯한 현대작가(모더니즘 작가)들이 인물을 제대로 만들지 못한다고 비판했다. 이에 대해 울프는 작가는 "현실(reality)"을 전달해야 하는데, 현대작가들이 마주하는 현실은 이전 시대의 틀로는 담아낼 수 없다고 반박했다.

우리는 이전 세대와 깨끗이 단절되었다. 전쟁과 더불어 오랫동안 제자리에 있던 덩어리들이 갑자기 흘러내린—가치관의 일대 변동은 꼭대기에서 바닥까지 삶의 결을 흔들어 놓았고, 우리들을 과거로부터 단절시켰기 때문에, 어쩌면 지나치리만큼 현재를 의식하게 만들어 놓았다.

이런 생각은 19세기 말 런던에 태어나 20세기 전반을 살았던 울프가 몸으로 체험한 변화에 기반을 둔 것이다. 전통사회에서 산업사회로의 전이, 대량복제가 가능한 예술매체의 탄생, 도시화의 물결 속에서 파편화된 개인, 1차 세계대전을 경험한 유럽의 문명에 대한 불안, 프로이트로 대변되는 객관적 현실에 대한 믿음과 합의의 상실 등이 그것이다. 거기에 덧붙여 베르그송과 아인슈타인의 논쟁으로 널리 알려진, 시간에 대한 개념의 변화가 있다. 개인이 경험하는 시간은 시계로 측정될 수 있는 객관적 시간이 아니라, 상황에 따라 길거나 짧게 경험하는 상대적 시간이라는 것이다. 울프는 이 시간의 개념을《댈러웨이 부인》에서 심도 있게 탐색한다.《댈러웨이 부인》의 원제가 "시간들(The Hours)"이었다는 점은 많은 것을 시사해준다. 변화의 시대에 경험되는 '현실'은 전 시대 사람들이 현실이라고 생각했던 것과 본질적으로 달랐고, 그것을 전달하는 표현 양식 또한 바뀔 수밖에 없었다. 울프가 아놀드 베넷으로 대표되는 빅토리아 · 에드워드조 작가들의 전통적인 인물묘사가 오히려 비현실적이라 비판한 데는 그러한 이유가 바탕에 깔려 있다.

울프의 작품 중엔 비슷한 것이 하나도 없다. 끊임없이 자신의 예술에 대해 고민하고 앞으로 나아갔다. 울프의 작품에는 자신의 삶이 그대로 녹아들어 있는데,《출항》에는 예술가이자 젊은 여성으로서 세상에 나가는 자신의 모습이 투사되어 있고,《등대로》에서는 부모님과 자신의 어린 시절을,《제이콥의 방》에서는 젊은 시절 요절한 오빠 토비를 그리고 있다.《올랜도》는 울프의 동성 연인이었던 비타 색빌웨스트의 환상적인 전기로, 비타의 아들 나이젤 니콜슨은《올랜도》를 "영어로 쓴 가장 길고 아름다운 러브레터"라고 평했다. 또한 작품 속 올랜도의 연인이자 러시아 공주로 등장하는 샤샤는 경제학자 케인즈와 결혼한 러시아 발레리나 마리아 로포코바를 모델로 하고 있다.

울프는 삶의 모든 경험을 다양한 시각과 형식으로 예술이라는 그릇에 담아내려 했다. 자신이 정신질환으로 고통받은 경험도 작품에 녹여냈는데,《댈러웨이 부인》에 등장하는 1차대전 참전군인 셉티무스 워렌 스미스가 그 예이다. 셉티무스는 전쟁 포격으로 분신같이 사랑하는 친구가 산화하는 것을 목격하고 트라우마로 고통받는 인물이다. 셉티무스를 통해 울프는 자신이 경험한 환각과 고통뿐만 아니라 자신을 진료하고 처방한 당시 의사와 의료체계의 비인간적인 태도를 신랄하게 비판했다. 작품 속 셉티무스는 창밖으로 몸을 던져 자살하는데, 현실의 울프도 정신질환에 시달리다 2차 대전이 한창인 1941년 서섹스 집 근처 우즈강에 걸어 들어가 익사했다.

울프의 단편들은 그가 살아가던 시대의 삶의 현

실을 담아내기 위해 울프가 시도한 다양한 실험을 한눈에 보여주는 멋진 전시장이다. 〈블루 & 그린〉, 〈전화〉, 〈월요일 또는 화요일〉같이 시각적 장면 위주로 구상을 한 작품도 있고, 〈동감〉과 〈본드 가의 댈러웨이 부인〉은 확대 변형되어 장편소설《댈러웨이 부인》의 일부로 녹아들었다. 〈밖에서 본 여자 대학〉은《자기만의 방》에 등장하는 여자 대학의 모습을 자세히 묘사하고, 〈프라임 양〉과 〈불가사의한 V 양 사건〉은 "이름 없는 사람들의 전기"라는 새로운 전기문학 형식을 실험하고 있다. 이 외에도 울프가 심혈을 기울여 발전시킨 의식의 흐름 기법, 카메라 워크나 콜라쥬 같은 영화기법과 회화적 요소를 도입하기도 하고, 왜가리나 유령 또는 건물 같은 무생물의 시각에서 사건이나 장면을 묘사하려는 시도를 하기도 한다. 다음은 각각의 작품의 이해를 돕기 위한 간략한 해설이다.

블루 & 그린
Blue & Green
울프 특유의 상상력으로 블루와 그린 두 가지 색

채를 다양한 이미지의 연결로 담아내고 있다. 현실의 사물을 묘사하기보다는 연상되는 이미지들을 회화적 이미지, 나아가 영상적 이미지의 중첩을 통해 하나의 회화적 장면을 구성한다. 울프의 언니 바네사가 화가였을 뿐만 아니라 울프를 둘러싼 블룸즈버리에는 실험적 화가, 조각가, 예술가들이 다양하게 포진하고 있었고, 울프는 사진과 영화를 즐긴 첫 세대이기도 하다. 울프의 글이 이야기를 들려주기보다 "보여주는" 장면을 구성하는 데 더 치중하는 듯 보이는 것도 우연이 아니다. 특히 블루 부분에 등장하는 물에서 나온 들창코 괴물은 울프의 글에 여러 번 등장하는 원초적 이미지 중의 하나다.

밖에서 본 여자 대학
A Woman's College from Outside

이 작품은 영국 최초의 여성대학 중 하나인 뉴넘 대학 기숙사의 모습을 묘사한 것이다. 마치 카메라가 영화의 한 장면을 담아내듯 카드놀이를 하는 학생들이 있고, 옆방에서는 생계를 책임지기 위해 열심히 공부하는 안젤라가 있다. 대학이라는 새

로운 환경에서 자유를 누리는 여학생들의 젊음과
열정, 미래에 대한 기대와 우려가 뒤섞인 감정들을
"보여"준다. 서로 가볍게 머리를 어루만지고 키스
를 나누는 모습에는 여성들 사이의 따뜻한 사랑이
녹아 있고, 새로운 세상을 꿈꾸는 새시대의 여성들
이 품고 있는 꿈과 희망이 엿보인다. 이 단편이 묘
사하는 장면은《자기만의 방》에 등장하는 여성대
학의 내밀한 모습이기도 하다.

과수원에서
In the Orchard

이 작품은 〈블루 & 그린〉, 〈월요일 또는 화요일〉
과 마찬가지로 '장면 만들기' 실험 중의 하나이다.
마치 카메라 워크처럼 하나의 장면을 세 가지 층위
에서 보여주고 있다. 미란다가 과수원 사과나무 아
래서 잠이 들었다가 티타임이 되어 갑자기 깨어나
는 모습을 세 개의 높이에서 각각 묘사하고 있다.

전화
The Telephone

완성되지 않은 습작 조각. 실내에서 창밖의 런던의 모습을 바라보는 시점이다. 인물 대신 전화 메시지가 등장한다. 20세기 초반 전화라는 새로운 문명의 이기가 가져다준 삶의 변화의 한 단상을 보여준다. 또 하나의 장면 만들기 실험으로 볼 수 있다.

본드 가의 댈러웨이 부인
Mrs Dalloway in Bond Street

댈러웨이 부인은 울프의 작품 여러 곳에 등장한다. 가장 대표적인 작품은 1925년에 나온 소설 《댈러웨이 부인》이다. 1923년에 쓴 이 단편은 "댈러웨이 부인은 직접 가서 장갑을 사겠다고 했다."는 문장으로 시작되는데, 장편 《댈러웨이 부인》에서는 "댈러웨이 부인은 직접 가서 꽃을 사겠다고 했다."로 바뀌어 있다. 여기저기 조금씩 다른 부분이 있지만 이 단편의 아이디어가 좀 더 확장·발전되어 장편소설이 되었다고 보는 것이 타당하다. 클라리사 댈러웨이는 저녁에 열리는 파티를 위해 장갑을 사러 본드 가를 걸으며 지인을 만나고 옛 추억을 떠올리기도 한다. 표면적으로 일어나는 사건이라고는 상점이 늘어선 거리를 걸으며 빅 벤의 시계 소리를 듣고 지인을 만나고 장갑 가게에서 마음에 드는 장갑을 고르느라 시간을 지체했다는 것 정도이다. 별 특징 없는 도시의 일상적인 장면이 담겨 있을 뿐이다. 울프는 특별하지 않은 일상 속에서 사람들이 경험하는 내적 현실을 포착하려 했다. 본드 가는 런던의 전통적인 쇼핑지역이다. 빅토리아 여왕의 동상을 보며 어린 시절을 떠올리고, 남편이 된 딕과의 추억, 1차 대전에서 아들을 잃어 대가 끊긴 백작부인의 슬픔 등 거리를 걷는 클라리사의 내면에는 "시선을 빼앗는 것들과 그것이 불러오는 기억들은 끝없이… 끝없이… 끝없이" 이어진다. 현재는 과거와 만나고 모든 순간은 그녀의 전 생애와 함께 어우러져 의미를 빚어낸다. 울프는 소설 《댈러웨이 부인》에서 이 기법을 발전시켜 "터널 파기"라고 이름 붙였다. 한 시점을 중심으로 등장인물의 의식의 흐름을 따라 과거의 기억과 사유를 드러내는 것이다.

프라임 양
Miss Pryme

이 작품은 독신인 프라임 양이 세상을 개선하겠다는 꿈을 안고 낙후된 러셤 지방으로 이주해 교회를 중심으로 지역사회를 바꾸려 노력하는 과정을 간략하게 서술하고 있다. 울프의 아버지 레슬리 스티븐은 만년의 대부분을《국가인명사전(Dictionary of National Biography)》편찬작업에 바쳤다. 이 기념비적인 사업은 대영제국 위인들의 간략한 전기를 집대성하는 것으로 울프가 기억하는 아버지는 항상 이 작업에 매진하고 있었다고 해도 과언이 아니다. 자연스레 울프는 수많은 전기와 자서전, 회고록을 읽었고, 전기문학에 대한 비평이론을 개진하기도 했다. 울프는 특히 프라임 양처럼 "이름 없는 (유명하지 않은) 사람들"의 전기에 대해 관심을 기울였다. 〈프라임 양〉이라는 이 작품은 이름 없는 한 독신 여성의 삶에 관한 스케치로 이해할 수 있다.

홀본 고가교
Holborn Viaduct

〈전화〉와 마찬가지로 이 작품도 쓰다만 글 조각의 하나이다. 홀본 고가교와 해그림자에 얼룩진 영양, 해 저문 저녁 가정집의 따스한 부엌 풍경 그리고 이와 대비되는 죽음에 대한 암시까지, 마치 사진이나 그림 조각들을 붙여 모아 일종의 콜라쥬를 만들어 낸다.

불가사의한 V 양 사건
The Mysterious Case of Miss V.

울프의 초기 단편 중 하나로 화자가 무심히 알고 지내던 메리 V라는 여성을 한동안 보지 못했다는 것을 기억하고 그녀를 찾아가 보기로 한다는 내용이다. 〈프라임 양〉과 같이 이 작품도 이름 없는 개인의 삶을 다루는데, 여기서 주목할 것은 V 양이 특정 인물이 아닐 수 있다는 점이다. 우선 V 양은 메리 V이기도 하고 자매인 자넷 V일 수도 있다. 나아가 울프는 이런 V 양의 이야기는 런던 같은 대도시에 사는 특별할 것 없는 수많은 여성들, "그들과 같은 처지에 있는 수많은 자매들의 이야기를 한 번에 포괄하는 것이 될 수도 있다"고 말한다.

울프는 전기문학에 지대한 관심을 가졌는데, 전통적인 전기문학은 위대하고 타의 모범이 되는 인물 또는 유명한 인물이 어떤 삶을 살았는가에 대한 기록이다. '하지만 뛰어난 인물이 아닌 사람의 삶은 기록될 가치가 없는 것일까?'라는 질문이 울프가 던지는 화두이다. 이 문제는 울프의 여성문제에 대한 관심과 연결되어 있다. 그는 대부분의 여성들이 전통적인 개념에서 "위대한 인물"의 범주에 들지 못했고, 그들이 어떤 생각을 하고 어떤 삶을 살았는지 알기 어렵다는 점에 주목했다. 뚜렷한 성취나 업적을 기록으로 남기지 못하는 많은 사람들을 울프는 "이름 없는 사람들"이라고 불렀고 이들 이름 없는 사람들의 전기를 어떻게 서술할 수 있을까 고심했다. 울프는 이들의 전기를 "집단 전기"로 서술하려는 시도를 했는데 〈불가사의한 V 양 사건〉이라는 이 작품도 그같은 실험의 맥락에서 이해할 수 있을 것이다. 이 작품을 통해 울프는 V 양과 같이 우리 주변의 눈에 띄지 않는 수많은 존재들이 안타깝게 스러져 가고 있으며, 사실 우리 자신도 타인에게는 V 양이나 다름없이 어느 날 사라져도 아무도 찾지 않을 수 있는 존재라는 서늘한 깨달음도 준다.

존재의 순간들 '슬레이터네 핀은 끝이 무뎌'
Moments of Being:
'Slater's Pins Have No Points'

이 글은 동성애 코드 때문에 최근 들어 많은 비평적 관심을 받고 있는데, 형식적으로는 앞서 언급한 '장면 만들기'의 진수를 보여주는 작품이기도 하다. 음악 레슨 중 옷에 달린 꽃핀이 떨어진다. 떨어진 핀을 찾는 그 짧은 시간 동안 패니 윌모트는 클레이 선생님과 그녀의 형제자매들에 대해 생각한다. 바흐의 음악과 꽃이라는 청각적·시각적 모티프를 단초로 모호하게 처리된 동성애의 욕망과 열정, 키스의 기억이 섬세하게 펼쳐진다. 당시 레드클리프 홀의 소설《고독의 우물(The Well of Loneliness)》이 동성애 문제로 논란이 되고 있던 상황이어서 울프는 이 작품이 검열에 통과될 수 있도록 '초점(point)'을 더 모호하게 처리했다고 한다. 즉, 이 작품의 초점(point)이 "핀"이 아니라 "꽃"이

라는 것이 쉽게 눈에 띄지 않도록 하기 위해 초점
이 없는 것(no point)으로 보이게 했다.

탐조등
The Searchlight

이 이야기의 배경은 2차 대전 직전 영공방어를
위한 탐조등이 밤하늘과 주위 풍경을 밝혀주고 있
는 가운데 사람들이 모여 있는 교외의 카페다. 한
나이 든 여인이 곁에 모인 지인들에게 자신의 선대
할아버지에 얽힌 이야기를 해준다. 이야기는 전후
맥락이 제대로 드러나지 않고 탐조등이 부분부분
밝히는 밤풍경처럼 여인의 이야기도 여기저기 띄
엄띄엄 파편적이다. 여인이 두서없이 과거의 사건
을 재구성하려 하지만 근거가 되는 기록이나 전해
지는 이야기의 파편을 조합하다 보니 빈 곳이 드
러나고 그 빈 곳을 메우려면 많은 부분을 상상으
로 채워 넣어야 한다는 것을 울프는 일깨워준다.
매끈한 이야기란 현실에서는 존재하기 어렵기 때
문이다.

라핀과 라피노바

Lappin and Lapinova

로절린드와 어니스트는 신혼여행에서 서로를 라 핀과 라피노바(토끼)로 부르며 공감대를 형성한다. 이 작품은 결혼한 남녀 사이의 유대와 공감에 대한 탐구로 볼 수 있는데, 신혼 초 서로에 대한 관심이 정점에 있을 때 둘은 눈빛만으로도 교감할 수 있었 고, 둘만의 세계를 구축했다. 세월이 흐르고 남편 어니스트가 아내에 대해 갖고 있던 관심과 사랑은 빛이 바래고 그는 더 이상 로절린드의 감정에 대해 공감하지 않게 되었다. 마침내 둘만의 세계 속 로절 린드의 아바타 격인 라피노바에 대해 "덫에 걸려 죽었다"고 무심하게 말했을 때, 둘의 결혼이 끝났 고, 어쩌면 결혼 자체가 여성인 로절린드에게는 위 험한 덫이었을 수 있다는 암시도 읽어볼 수 있다.

동감

Sympathy

험프리 해먼드라는 이름의 지인이 죽었다는 소 식을 신문 부고란에서 본 화자는 망자에 대한 기억을 되새기고 죽음을 맞은 그의 현실에 대해 상상한다. 남겨진 부인의 슬픔과 고통에 대해서도 세심하게 공감하며 죽음이라는 실존적 현실에 대해 절감한다. 그러나 마지막에 죽은 사람이 같은 이름을 가진 험프리 해먼드의 아버지라는 것을 발견하면서 이제까지의 상상과 공감의 무거운 분위기는 울프 특유의 유머로 인해 반전된다. 이 이야기의 구성은 단편 〈쓰이지 않은 소설(An Unwritten Novel)〉과 비슷한 구조로, 작가가 상상력을 동원해 어떤 인물의 삶을 이야기하는데 그 이야기(예술)는 알고 보니 실제의 삶과는 동떨어진 허구였다는 것이 밝혀지는 것으로 끝을 맺는다. 예술과 실재(reality) 간의 관계에 대해 고찰하는 글이기도 하다.

행복
Happiness

1925년에 쓴 것으로 보이는 이 작품은 소설《댈러웨이 부인》의 파티를 배경으로 구상한 몇몇 사교 장면 중의 하나다. 여기서 울프는 자기중심적인 인간 유형에 대해 탐구하고 있다. 스튜어트 엘튼은 자신을 장미 꽃잎에 비유할 정도로 자부심 높은 인물로 그려지는데 울프 작품에 등장하는 나르시스트의 전형이다. 그는 젊어서 결혼을 피한 것을 자랑스러워하고 페이퍼 나이프(종이 자르는 칼)에서 위안을 얻는다. 페이퍼 나이프는 전형적인 남성성의 상징으로 볼 수 있다. 이 장면에 등장하는 인물들은 인간적인 공감과 유대를 형성하는 데 실패하고 자기 껍질 속에 갇혀 소외된 모습을 보여준다.

상징
The Symbol

울프의 마지막 단편 중 하나인 이 작품은 자필 수정이 된 타이프 원고로 1941년 3월 1일 날짜로 되어 있다. 그리고 몇 주 후 3월 28일, 2차 세계대전이 한창인 어느 날 울프는 우즈강에 걸어 들어가 생을 마감한다. 이 작품을 쓰던 당시, 울프는 서섹스의 해안가 로드멜에 있는 자신의 시골집 멍크스 하우스에 칩거하여, 마지막 소설이 될 《막간(Between the Acts)》과 회고록 《기억의 소묘》를 쓰고 있었다. 당시 독일의 공습이 한창이어서 울프의 런던 집은 폭격으로 완전히 파괴되었고, 밤이면 공습을 피해 창밖으로 불빛이 새어나가지 못하도록 두꺼운 커튼을 드리우거나 소등을 해야만 했다. 더구나 독일의 영국 본토 상륙이 임박했다는 소문이 무성했고, 만일 상륙한다면 울프의 시골집이 위치한 서섹스 해안가가 가장 유력하다고들 했다. 유태인인 남편 레너드와 함께 나치 블랙리스트에 이름이 올라 있다고 확신했던 울프는 만일의 경우를 대비해 차고 안에 휘발유를 비치해두고, 두 사람이 함께 자살할 구체적인 계획도 세워놓고 있었다. 이러한 절박한 상황에서 종말을 예감하며 쓴 이 작품은 울프가 생의 끝자락에서 자신의 삶을 회고하는 자서전적인 측면이 두드러진다.

화자는 알프스 산장에서 눈 덮인 봉우리를 바라보며 영국에 있는 자매에게 편지를 쓴다. 병석에 누운 어머니를 혼자 돌보며 어머니가 죽기를 기다리던 자신의 회한과 자유에 대한 갈망을 복잡한 심경으로 돌아보는데, 그 순간 설산을 오르던 등반객들이 바로 눈앞에서 추락하는 것을 목격한다. 눈쌓인 정상은 삶과 죽음이 혼재하는 공간으로 묘사

되고 화자는 산이 상징하는 것이 과연 무엇일까라
는 질문을 한다. 눈 덮인 알프스와 죽음의 이미지
는 상당히 오랫동안 울프의 상상력을 자극했던 것
같다. 그는 1937년 일기에 다음과 같이 언급하고
있다. "나는 산 정상에 대한 꿈 이야기를 쓰고 싶
다. 지금 왜? 눈 속에 누워 있는 것에 대해서, 색색
의 원에 대해서, 침묵… 그리고 고독. 하지만 할 수
가 없다. 그러나 언젠가는 잠시 그 세계 속으로 들
어가 즐길 수 있지 않을까?"

단단한 물체들
Solid Objects

선거에 출마해 정치를 하려는 존은 바닷가에서
초록빛 유리 조각을 발견하고 벽난로 선반 위에 올
려놓는다. 다음엔 건물 아래 풀밭에서 발견한 파란
색 별모양의 도자기 조각을, 그다음에는 지상의 것
이 아닌 운석 조각을 주워온다. 이런 단단한 물체
들을 수집하는 데 몰두하면서 그는 정치에서 멀어
지고 친구들과도 소원해진다. 존이 수집한 물건들
은 독특한 아름다움을 지녔고 존은 그것을 알아보

는 안목을 가졌다. 울프 작품에는 존과 같이 범속한 생활인의 삶을 초월해 예술에 몰입하는 예술가들이 종종 등장한다. 사람들이 쳐다보지 않는 모래사장, 깨진 도자기 조각, 길거리에 놓인 돌 조각에서 아름다움과 의미를 찾는 존은 일상의 단면을 글로 담아내며 그 속에서 보통 사람들이 알아보지 못하는 특별함을 포착해 내는 울프와 같은 존재로 볼 수도 있을 것이다.

월요일 또는 화요일
Monday or Tuesday

울프는 1931년 일기에서 "〈블루 & 그린〉, 〈월요일 또는 화요일〉은 세차게 터져 나온 자유의 함성이며, 불분명하고 이치에 맞지 않아 인쇄할 수 없는 외침에 불과한 것"이라 적고 있다. 왜가리가 날아올라 한 바퀴 돌아 회귀하는 것이 이야기의 틀을 이룬다. 왜가리의 시점에서 아래 지상에서 펼쳐지는 하찮은 도시의 일상이 두서없이 펼쳐지고 진실은 보이지 않는다. 울프는 다양한 방식으로 일상의 '현실'을 예술로 담아내려 시도했고, 이 작은 작품도 그러한 실험의 일환으로 읽어볼 수 있다. 제목 조차 너무나 평범한 "월요일 또는 화요일"이지만 울프가 포착한 순간은, 새가 날고 하늘에서 내려다 보는 특별한 장면이 된다.

현악 사중주
The String Quartet

울프의 모더니즘적 실험이 잘 드러나는 작품이 다. 모차르트의 현악 사중주 연주가 흐르고 시각 적 이미지들은 정리되지 않은 채 혼란스러운 인상 을 남긴다. 마치 음악처럼. 음악회장에 모인 사람 들 모두 각자의 의식 속에서 서로 다른 경험을 한 다. 서로 단절되고 소외된 형태로 살아가는 현대인 의 모습을 연상시킨다.

유령의 집
A Haunted House

이 작품에는 세 가지 각기 다른 존재들이 등장 한다. 옛집을 찾아온 유령 부부와 그 집에 살고 있 는 화자, 그리고 마치 살아서 맥박이 뛰고 있는 것 같은 집이다. 여기서는 삶과 죽음, 생물과 무생물의 경계가 모호하다. 울프는 집이라는 사물을 통해 삶과 죽음과 기억을 담아내려는 실험을 한다. 빈집은 마치 살아 있는 것처럼 때론 유령의 방문을 받은 것처럼 홀로 삐걱대고, 바람에 벽에 걸린 숄이 풀어져 내리고 세월에 낡아간다.

손현주

서울대학교 영어영문학과를 졸업하고 동대학원에서 문학석사, 영국 버밍엄대학교에서 버지니아 울프와 전기문학 연구로 문학 박사학위를 취득하였다. 현재 서울대학교 영어영문학과 강사, 인문힉연구원 책임연구원, 한국버지니아 울프학회 회원을 역임하고 있다.

1882년   1월 25일 런던의 켄싱턴(빅토리아 시대 궁
        전 건물이 있는 고급 지역)에서 출생.

1895년   5월, 어머니 줄리아 덕워스의 사망. 여름
        에 신경증 증세를 보이다.

1899년   '자정 모임(Midnight Society)'을 통해 레너
        드 울프 등과 만나다.

1904년   아버지 레슬리 스티븐 사망. 두 번째 신
        경증 증세를 보이다.

        10월, 네 남매(바네사, 토비, 버지니아, 아드
        리안)가 블룸즈버리로 이사한다.

        12월, 무명으로 쓴 서평이 〈가디언(The
        Guardian)〉에 실린다.

1905년   3월, 네 남매가 파티를 열어 예술가 사교
         모임 '블룸즈버리 그룹(Bloomsbury Group)'
         이 만들어지다. 정신질환을 앓다. 〈타임
         스(The Times)〉 문예 부록에 글을 싣다.

1906년   오빠 토비가 그리스 여행 후 장티푸스로
         사망.

1908년   《출항(The Voyage Out)》을 쓰기 시작하다.

1910년   1월, 변장을 하고 에티오피아 황제 일행
         이라 사칭했다가 신문 기사에 나다.
         여름, 요양소에서 휴양하다.
         겨울, 여성 해방 운동에 참가하다.

1912년   8월, 레너드 울프와 결혼하다.

1913년   7월,《출항》완성. 9월, 수면제를 먹고 자
         살 기도.

1914년   8월, 제1차 세계대전 발발. 런던 교외인
         리치몬드의 호가스 하우스로 이사하다.

1915년   첫 장편소설《출항》을 덕워스 출판사에

서 출간하다.

1918년   두 번째 장편소설《밤과 낮(Night and Day)》
         완성.

1920년   단편〈단단한 물체들〉등을 발표하다.

1921년   단편집《월요일 또는 화요일(Monday or
         Tuesday)》을 호가스 출판사에서 출간하
         다.〈유령의 집〉,〈현악 사중주〉,〈블루 &
         그린〉등을 수록.

1922년   단편〈본드 가의 댈러웨이 부인〉을 쓰다.
         세 번째 장편소설《제이콥의 방(Jacob's
         Room)》출간.

1925년   5월, 장편소설《댈러웨이 부인(Mrs Dallo-
         way)》(원제 '시간들') 출간.

1927년   1월, 장편소설《등대로(To the Lighthouse)》
         출간.

1928년   1월, 단편〈존재의 순간들〉발표. 4월 페미
         나상(Prix Femina, 심사위원이 여성으로만 구성

된 프랑스의 권위 있는 문학상)을 수상하다.

10월, 장편소설《올랜도(Orlando: A Biog-
raphy)》발표.

1929년   10월, 1924년 케임브리지 대학교의 '이
단자 모임' 강연 내용을 보필하여《자기
만의 방(A Room of One's Own)》으로 출간.

1931년   장편소설《파도(The Waves)》출간.

1937년   장편소설《세월(The Years)》출간.

1939년   리버풀 대학의 명예박사 학위 수여를 사
양하다. 9월, 독일이 런던을 공습하다.

1940년   10월, 거의 매일 이어진 공습에 런던 집
이 불타다.

1941년   2월,《막간(Between the Acts)》완성. 3월
28일 오전 11시경 우즈 강가로 나가 돌아
오지 않았다. 7월 17일 유작《막간》출간.

| 수록작 창작 시기 |

278

블루&그린

초판 발행 · 2023년 4월 26일

지은이 · 버지니아 울프
옮긴이 · 민지현
발행인 · 이종원
발행처 · (주)도서출판 길벗
브랜드 · 더퀘스트
출판사 등록일 · 1990년 12월 24일
주소 · 서울시 마포구 월드컵로 10길 56(서교동)
대표전화 · 02)332-0931 | 팩스 · 02)323-0586
홈페이지 · www.gilbut.co.kr | 이메일 · gilbut@gilbut.co.kr
대량구매 및 납품 문의 · 02)330-9708

기획 및 책임편집 · 송혜선(sand43@gilbut.co.kr) | 제작 · 이준호, 손일순, 이진혁,
김우식 | 마케팅 · 한준희, 김선영, 류효정, 이지현 | 영업관리 · 김명자, 심선숙
독자지원 · 윤정아, 최희창

디자인 · 이정헌
CTP 출력 및 인쇄 · 금강인쇄 | 제본 · 금강제본

ISBN 979-11-407-0405-7 (03840) (길벗 도서번호 040257)
정가 16,800원